기다리는 것은
가면서 온다

# 기다리는 것은
# 가면서 온다

초판 인쇄  2017년 4월 1일
초판 발행  2017년 4월 5일

지은이    전홍규
펴낸곳    도서출판 말벗
펴낸이    박영이
등록번호   제2011-16호

주소     서울특별시 영등포구 문래로4길 4 현대상가 204호
전화     02)774-5600
팩스     02)720-7500
전자우편   malbut@korea.com
ISBN    978-89-960407-8-1 03810

www.malbut.co.kr

하림 시인선 02

# 기다리는 것은 가면서 온다

전흥규 시집

말벗

자신의 그림자는 자신의 뿌리에서 시작되어
밟아 누를 수도, 밟고 딛을 수도 없다.
늘 그림자는 나에게서 시작되고, 나에게로 되돌아 왔다.
밟히지도 않는, 밟을 수도 없는 그림자가
가슴 속에서 너무 시리도록 눈부시다.
이제 빛 조각 몇 꺼내 그림자를 잠시 숨겨본다.

/ 제3부 / 나는 나의 인연

/ 제8부 / **나무걸음**

/ 장시 / **춤을 위한 시**

# 제1부

# 직립, 직립할 수 없는

## 사각형으로 된

하루 종일 아무 말도 하지 않는다
모퉁이를 돌면 다시 모퉁이가 나온다
말이 같이 돌기를 바라지 않는다면
모퉁이를 돌 때는 어떤 말도 필요 없다
안으로 가둔 침묵만이 답이다
어둠이 들어오기도 하고 나가기도 하면
모퉁이도 나갔다 들어왔다 하지만
늘 어둠 위에 세워지는 생각들은
각진 모퉁이에서 가볍게 쪼개지는 빛처럼
이리저리 구르지 못하고 오직 전진뿐이다
하루 종일 몸을 돌려서는 안 된다
언제나 한 면이 너에게 닿아 있어
다 들고 일어서려는 욕심은 버려야 한다
아무 것도 아닌 존재, 사각형이 선다
아무 것도 아닌 존재, 사각형이 눕는다
굴려볼 요령도 없는 바람이 막아섰다가는
빈 생각의 틈을 파고들지만
들어선 것들은 다 잡혀 먹히고 말아
너의 사각 뱃속이 되고야 만다
갇힌 뱃속의 욕망은 말이 필요 없다

# 변덕스런 말

말싸움을 하고 물가에 와 앉았다
너의 말을 듣지 못한 귀
물소리에 활짝 열려 졸졸 걸린다
돌부리를 타고 넘는 소리,
좁은 굽이를 돌아 나오는 소리,
눈을 감아도 반짝이며 환하게 들린다
내가 느끼고 싶은 대로 느껴지고
내가 듣고 싶은 대로 들린다
물 흐름을 타고 온 바람이
격랑을 겪고 잦아들은 물살 위를 걸어간다
간지러움 타는 물살에까지 감탄사를 던지면서도
모국어를 잃은 이방인처럼
왜 너에게는 그러하지 못한지
갖은 표정의 말을 다 구사해 와도
너의 말 앞에 가슴을 닫아버린 채
제대로 듣지 못하고
제대로 속내를 드러내지 못하는 말들만
너와의 사이에서 변덕을 부리며
소리 없는 강이 되어 흐르고 있다
서로의 물소리를 잡아먹는 깊이로

# 강바위

산허리를 넘은 나른한 오후 햇살을 끼고
강물이 반짝반짝 손사래 치며 흐른다
물길이 시작될 땐 이 강에서 만나
공허한 애증관계가 될 줄 어찌 알았으랴
시작과 끝이 한 몸인 강은 세월과 같아
흐름은 늘 모퉁이에서 방향을 틀지만
멈출 줄 모르고 흐르고 또 흘러도
너는 물살에 갇히기라도 한 듯
평생을 젖은 몸 붙박이로 살아가고 있다
키 크고 뿌리 깊은 것일수록
제 몸을 할퀴고 가는 물길을 깊이 끌어안고는
자라가 올라앉아 식어가는 체온 덥히거나
밤새 일한 메기가 눈 시린 졸음 달래도
배 살짝 들고 스스로 강이 되어 있다
자신을 비워 흘러가지 못하고
어린 놀음에 지친 물고기들이 쉬어가라며
한 발 들고 물 흐름을 잡아주고 있다
어디서나 흘러가지 못하는 것들은
멈출 수 없는 크고 깊은 강을 만들어
담기지 않는 가슴에 통증처럼 안고 산다

# 직립, 직립할 수 없는

서 있는 것은 주사약과 두고 온 그림자,
여섯 개의 침상에 누운 침묵이
하나씩 고통을 들여다보는 시간과
하나씩 기쁨을 읽어내는 시간 사이를 기어간다
이곳에 누워 있어야 하는 변명이
아무리 들여다보아도 안 보이고
아무리 읽어도 안 읽히지만
자신을 들추어내는 일에는 불빛도 필요 없다
젊은이에게는 젊은 자식이 찾아오고
늙은이에게는 늙은 자식이 찾아와
누워 받는 위문은 때때로 떠들썩하지만
살려고 죽음처럼 누워 던지는 시선을
휠체어에라도 얹어 뻐걱대며 밀어보거나
이 바닥에서의 기억으로 침상을 타고 나른다
직립, 직립할 수 없는 꺾인 시간을
침상 바닥에 대신 뉘이고 일어서길
주사약 달고 밤부터 낮까지 자고 또 자며
난생처음 허공에 농지거리도 해보는
705호 병실은 침묵도 통증을 앓는다

# 15년 전처럼

경계에 선 나무가 나뭇잎을 달고
키 큰 나무가 큰 키를 가지고
15년 전처럼 여기 서 있다
새들이 수없이 앉았던 가지든
바람이 하염없이 미끄러지던 잎이든
언제부터 그 자리를 지켰는지도 모른 채
흔적들은 흔적들을 덮고 산다
키 큰 그림자를 문신으로 새긴 씨앗들,
15년 전처럼 한 터를 탈출하고도
군락의 기억은 발치에 묶여
줄기를 밀어 올리며 지워진다
힘겹게 뚫어낸 허공으로 다가온
깊은 산그늘에 허우대만 세우고
나무는 15년 전처럼 먼 풍경만 키운다
살아낸 일들은 살아갈 일들에 묻히고
비바람에 굳은 가지는
새 가지에게 햇살 밝은 잎을 내줘도
한 나무가 풍경을 거두어들이면
빈 허공은 서 있는 나무들의 것이다

# 발천(發川)

비가 가슴 후비며 날선 칼을 휘두른다
어디에서 울음 운 식은 눈물이기에
산 속 깊이 긴 날을 사정없이 날리는가
풀칼 겨우 들고 섰던 풍경은 척척 넘어지고
마른 잎 두들기던 소리마저 젖어들면
젖은 것들의 밑부터 숨 고르는 소리 들린다
야금야금 이곳부터 물길을 내지 않고는
이 골 저 골 모여든 계곡 만들지 못한다고
속닥속닥 흘러갈 갖은 사연들이
목소리 커지면 졸졸 줄여 가거나
용소를 작게 틀었다 크게 틀었다 하며
촐랑대는 마음을 빙빙 돌려 앉히고 있다
절박한 달음박질 속에서도 무서움 숨겨
산울 높이 피울음 울리지 않고는
격랑으로 모여든 곳에 제 소리 섞지 못한다고
더욱 소리 높여보고 더욱 깊은 용소를 판다
바위에 부딪치면서도 발천(發闡)한 것들이
아무리 긴 여정일지라도 넓은 강에 이르지만
누군들 허방한 돌 수없이 굴리고
남의 둑 허물어 제 길 내지 않고는
이곳을 나가 우렁우렁한 강 이룰 수 없다

# 비의 집

비가 수직의 길 위를 서서 달린다
허공에 머무를 집 찾지 못해
어디서부터 매단지 모르는 이름으로
바닥을 향해 가속도를 붙여 간다
자신만의 문을 열고 들어가
멈춰 머무르거나 잠들지 못하는
태생부터 바닥에 부서지고 마는 몸을
허물어 오를 때나 부풀려 내릴 때나
매달려 본다고 다 집이 되는 것은 아니다
비는 끊임없이 달라붙는 꼬리를 달고
낡은 문패도 없는 곳에 이르러
틈만 보이면 파고들어가 몸을 풀거나
비탈을 달려가다 여기저기 붙들려
흙빛으로 이름마저 잃고 만다
그렇게 맨몸으로 달리는 것들은 언제나
제 키로 늘 바닥을 찍고야 눕는다
이 바닥 저 바닥,
끌어안으면 썩고 놔두면 흘러가는
기댈 곳 없이 서서 사는 것들은
수평에 집을 짓지 못해 비탈을 흘러내린다
몸에 붙은 이름이라도 불리는 곳으로

가슴에 난 가난한 구멍이 허공 집 짓듯
비는 자꾸 이름 불리고 싶어 쏟아진다

# 집달팽이 집

집이 길 밖에서 울고 있다
비에 젖은 길과
비에 젖지 않은 길에 걸쳐 앉아
소유할 수 없는 번지와
소유할 수 있는 번지 사이에서 울고 있다

집으로 가는 길에는
집이 소유한 길과
집이 소유하지 못한 길을 밟으며 간다
길 위에 있는 집은
길이 소유한 집과
길이 소유하지 못한 집이 있어
하루는 길이 소유한 집에서 먹고
하루는 길이 소유하지 못한 집에서 잔다

집으로 가는 고통은 기쁨에 붙어 있다
집으로 가는 기쁨은 고통에 붙어 있다

길이 집안에서 울고 있다
비에 젖은 집과
비에 젖지 않은 집에 걸쳐 누워
버릴 수 없는 번지와
버릴 수 있는 번지 사이에서

# 나비춤

에스컬레이터가 지하부터 밀어 올려
지상에 격리시킨 유리 집,
여닫이도 없는 문으로 어찌 들어왔는지
무슨 사연으로 손전화도 안 가지고 길 나섰는지
유리벽 안에 나비가 갇혀 돌고 돈다
나가는 길을 찾으려는 것인지
Information을 찾으려는 것인지
희미한 불빛에 잡힌 공간을 실없이 빙빙 돌지만
훤히 보이는 저쪽으로도 이쪽으로도 갈 수가 없다
앉을 곳도 편치 않지만 앉으면 죽음,
서 있을 수는 있지만 서 있으면 또 죽음이다
에스컬레이터가 쉬지 않고 무엇을 퍼 올리고 있으나
자신도 제 몸에 갇혀 허공에 헛짓한다
턱도 없는 문을 누가 막아선 것도 아닌데
에스컬레이터가 세로 방향으로 돌 때
나비는 가로 방향으로 벽을 치며 돈다
나비와 에스컬레이터는 덜컹거리며 바쁘다
서로 구색을 맞춰 가무를 추듯 돌고 돌면
발걸음 장단들이 오늘을 지나 어제로 이어지고
바닥에 몸을 누인 건 구겨진 일간신문뿐
활자에서 빠져나온 광고들마저
모두 멈추면 멈출 수 없는 죽음이다

# 바람 잘 날 없는 바람은

맨바닥에 붙들려 서서라도 살아보겠다고
두런두런 이야기를 만들어 올리고 있는데
심술궂게 넓은 길 놔두고 너를 흔든다
혼자서는 소리 내 울지도 못하는 것이
시시때때 휘저으며 방향도 없이 너를 울린다
허공으로 위태롭게 마른 키 올리며
땅에 몸 붙이고 사는 것은 아픔을 모른다고
머물 것 없이 옆으로 같이 새잖다
온 몸으로 흔들며 피하고 피해도
집요하게 한 방향의 세력으로 밀어 붙인다
뿌리도 내리지 못하는 어수선한 자세로
너를 붙들고 양지 녘서 살아보려는 것인가
몸 비틀어 길을 내줘도 되돌아와 흔들며
날선 비늘소리를 한나절 듣고야 잠잠하다
너는 굽혔던 허리 펴 이내 허공을 지키고
나르는 철새도 바닥을 찾아 제 길을 가는데
중심을 잃은 시간이 어둠 속으로 묻혀가며
잡히지 않는 낮은 주절거림으로 시들 때
달빛 진 키 큰 순정만이 흰 어둠을 먹는다
언제나 너를 울리려고 같이 우는 바람은
잡히지 않는 일에 죽어서도 멈추지 않는다

# 소금지도

내 안에서 네가 길을 그리고 있는 줄
푸른 능선에서 비틀거리고야 알았네
외진 모퉁이에서 쓰러질까봐
나를 위한 등고선 가득한 지도를 담고 있는 줄
아래부터 타고 오르는 경련을 겪고야 알았네
단단한 암염인지 출렁이는 바닷물인지
허리춤으로 등짝으로 소금광산 있다고
태양열에 살찌우는 염전 있다고
걸쳐 입은 옷가지에 앙금으로 된비알 그려나갈 때
주저앉은 바위 모서리에 무릎 찍고서야 알았네
보이지 않는 것들의 방향을
늘 내 안에서 끄집어내며 살았음을 알았네
뭉친 근육으로 굳어가는 어설픈 숨 자리가
능선의 안개에 가려진 너의 빈자리여서
제 몸 녹여내지 않고는 나아갈 수 없음을 알았네
근육통에 붙잡힌 것들이 비틀거리며 샛길로 빠지고
숨이 턱 끝으로 마지막 걸음을 옮길 때
내 안에서 나침반 같은 네가
이 길은 끝이 없어 주저앉을 수 없다고
돌돌 말았던 하얀 꽃무늬 피워갈 때 알았네

# 기다리는 것은 가면서 온다

한밤의 고요에 세상이 멈췄나 하고
잠들지 못하는 문을 열고 나서자
어둠을 들추고 온통 깨어 있는 것들뿐이다
한편에서는 죽은 듯 잠을 자고
한편에서는 산 밤길로 차를 몰아간다
어디로 발을 들고 가는 것일까,
(차가 가는 것인가, 사람이 가는 것인가)
어디서 기척을 내며 오는 것일까
(사람이 오는 것인가, 차가 오는 것인가)
만나러 짐을 버리고 가는 길일까,
만나고 짐을 싸들고 오는 길일까
(어디가 가는 것이고, 어디가 오는 것인가)
갔다가 손을 잡고 돌아오는 일일까,
다시는 잡지 못할 손을 놓고 가는 일일까
빛을 밝혀 초행길을 달려본 이는
제 몸이 너무 커 비틀거렸던 기억을 알고
운전대를 잡고 펑펑 울어본 이는
달리는 길 위가 얼마나 광활한지를 알아
오늘도 달리는 것들 속에는 꾸물꾸물
발버둥치는 무엇인가 하나씩 들어앉아
전조등이 허공을 파낸 구멍으로 오고간다

잠들지 못한 구멍 없는 눈빛이 반짝,
새벽녘으로 푸르게 물드는 문을 열어두고

# 다시 너에게로

겹겹이 골진 마음을 가볍게 들고
다리 저림 끝으로 너에게 이르는 여정,
시간 가득 고인 바위투성이 길은
서툰 나의 걸음을 쉬 들이지 않는다
산행이 늘 그렇게 너에게 닿았지만
오르기 위한 것들의 길이 아닌
저 위의 것들이 내려설 수 있도록
위부터 쌓아 내린 절박을 오르려 하니
오늘은 길이 먼저 산을 내려오고 있다
모든 길이 산에서 만들어지고
모든 길은 산으로 이어진다 하여도
이 산에는 오를 수 있는 길이 없다
오르고자 온 길이 내려가 버린 산에서
내 발끝부터 꼬리를 감추는 걸음만이
사람 내에 만나고 이어지길 거부한 채
풍경으로 앞서거니 뒤서거니 흔들린다
광화문 네거리에서 잃어버린 발길은
비선대에서 족탕 놀음이나 하고
테헤란로 한복판에서 놓친 방향은
눈 먼 절경의 천불동에 갇혀 헤매고 있다
바람도 물도 내려서는 곳으로

제 다리도 보지 못하고 높이 세운 산행,
끝도 없이 엉킨 근육의 고통만이
돌부리에 걸리며 네 속을 휘젓고
내 안에서 솟구친 길을 네가 물으며
늙지도 못하는 가벼움만이 앞서 간다

# 외돌바위

너는 넓은 사위를 거느리고 서 있다
제 살 내줘 외발 겨우 묻고는
전망 끌어들여 치장된 화려한 몸에
바람 깃 하나 가두지 못하며
햇살에 이마 붉히는 절애(切愛),
또는 혈기 찬 살 내주기 전에
수풀들에게 곁을 더 줬더라면
반신불수의 삶은 살았을 절애(絶崖),
뻣뻣한 몸으로 심지(心志)만 세우다
제 곁에 머무를 것 하나도 없이
맨몸으로 풍상우로(風霜雨露)하고 있다
누군들 처음부터 벗은 몸 내놓고
부끄러움에 살비듬 날리며 살았을까
곧음이 굽은 것만 못하고
단단함이 무른 것만 못할지라도
홀로 되어 헐벗기기 전에
들여다 볼 자신을 만들지 못했기 때문
풍광을 업고 의연한 석림(石林)이 되어
제 멋 깊은 산맥일지도 모르지만
때론 흙 곁이 그리운 수신호 같아
붙잡고 놀아줄 것 없는 허공만 외롭다

# 빈자리는 나를 위선 떨게 하고

절름거리며 계단을 밟아 내려선 지하
빈자리를 가득 실은 기차가 문을 열어준다
서로 자리를 골라 앉을 때
간절히 서 있고자 비스듬히 다른 부류가 된다
빈자리가 없을 때는 앉기를 갈망하더니
한참을 비어 있을 자리는 자리에게 넘겨주고
저린 한 다리 외로 꼬아 서서는
광고판에도 없는 고운 그림을 만들어 본다
덜컹 또 한 정류장에 들어서는가 보다
덜컹 또 한 정류장을 지나가는가 보다
어느덧 치켜든 턱 앞에서 끊기는 시야,
앉은 이들도 사라지고 무리만 남으면
외로 꼬았던 다리를 풀어 바로 꼰다
다리 저림은 코끝으로 올라와 헐떡이고
기차는 내 심장보다 정확하게 기계적 박동으로
속빈 제 모양에 담고 내보내고 한다
내가 만든 영상은 내 안에서 사라지고
볼 수 없는 몸을 겉꾸민 음모만이 솔솔 퍼져간다
달리는 기차 속에서 나는 나를 버리고
왜 가난한 너를 의식한 누구이길 바라는가

# 물 위를 걷다

물은 제 자리를 돌면서도 멈추는 법 몰라
흙길을 가더라도 흐름 버리지 않고
가만히 불러보면 물은 사라지고 흐르는 소리만 남는다
수면으로 어제 앉았던 새발자국도 남는다
둥둥 떠 있는 새발자국이 지워지기 전에
디딘 자리를 찾아 디디며 따라 물 위를 걸어본다
걸어가는 나의 시선만 남고 물은 흘러가
아무리 디뎌도 꺼지지 않는 발자국,
딛고 디디며 걸어 나간다
물은 흘러도 발자국을 가두지 않아
남은 발자국 위를 따라 디디며 물 위를 걸어간다
종종 떠내려가는 발자국을 따라 나섰다가 길을 잃어도
좀체 허방이 되지 않는 물 위,
내가 걸어간 물 위로 누군가 따라 붙는다
징검돌이 건너다 발 담그고 멈춘 곳에 서서
물려받은 발자국 슬쩍 밀어주기도 하고
어설프게 디뎌 너무 깊이 파인 발자국을 남기기도 한다
뒤를 제대로 돌아보지 못하고 남기는
물빛 흐릿한 발자국이 미끄러운 징검돌처럼 떠 있다

# 제2부

# 접힌 곳은 검다

# 간극(間隙)

다리가 눈먼 강 위를 가로질러 앉아
오가는 발길이 닿지 않기를 기다리거나
비워둔 수평으로 전망대가 되어
다리 이쪽은 이쪽을 붙잡고 있고
다리 저쪽은 저쪽을 붙잡고 있다
건너가는 것이 건너오는 것인지
우리 몸에 눌린 곳은 이쪽이고
서둘러 바라보는 곳은 저쪽이건만
다리는 다리를 물속에 박고 서서
팽팽한 긴장을 늦추지 않는다
얼굴 붉힐 위험을 무릅쓰고 건너가 보면
다리 저쪽이었던 것이 이쪽이 되어
다리 저쪽이었던 것을 붙잡고 있다
우리는 제 다리를 쉬 절름거리며
다리를 건너갔다 다시 건너오고
다리와 더불어 안개를 불러 세워
이쪽이었다가 저쪽이었다가 한다
양편을 붙잡고서야 전망이 되고
양편을 붙잡고서야 발길을 담아낼 수 있어
이쪽에서 보지 못한 것은 건너가 보아도
이쪽에서 보아야 할 것이 보이지 않는다

다리의 다리처럼 편향한 물속을 딛거나
판가름이나 하며 멈추어 서서
다리를 위한 반쪽 불평을 늘어놓듯
보아라, 이쪽은 저쪽의 저쪽이다

# 겨울잠

우리에서 쫓겨난 성숙한 곰이
머릿속으로 들어와 겨울잠을 잔다
가장 복잡하다는 억 겹의 뇌
골짜기를 헤매다가는
마음결이 삭풍으로 휘몰아치는 곳에
턱을 받치고는 눈을 감아버렸다
먹이를 찾아 나선 새끼들이 아직
돌아오지 않았는데 잠은 깊어지고
어느덧 골짜기에 내리던 눈은
흰 막의 허공이 되어 꺼져간다
그곳으로 빈 비행선 추진력을 잃고
우주 끝으로 나선형을 그을 때
곰에 붙잡힌 뇌가 끌려간다
뇌 속에 든 겨울잠도 끌려간다
잠은 한 끝을 여기에 흘린 채
마음결마저 흐트러진 뇌를 붙들고
끈적이며 깔끔하게 날아가고 있다
눈 막에 빛 반사하기 전에는
잠에서 다시 깨어나지 않기를,
두 번 들지 않는 잠은
늘 아흔아홉 번 깨어나지만

새끼들이 돌아와 초인종을 눌러도
성큼 문을 열고 나가지 못하고
곰같이 다리에 손목 묶고 꿈을 꾼다

# 순환기(循環期)

그리움도 사물처럼 덜컹거리는 지하철
순환선에서 너는 오른쪽으로 돌고
(어느 쪽이 오른쪽이지)
계단을 밟아 깊이 내려서지 못하는 나는
제 발자국만 파며 왼쪽으로 돈다
(어느 쪽이 왼쪽이지)
이 좁은 공간에서 소란스럽게 네가 왼쪽 가슴을 열었을 때
(어디가 왼쪽 가슴이지)
나는 오른쪽 가슴을 열어 보였다
(어디가 오른쪽 가슴이지)
하루 세 끼 밥을 챙겨 먹듯 서로 마주치면서도
슬픈 경적만 주고받는 일상,
무엇이 뱃속을 채웠다 나간들
서로 닿지 않는 싸움이기에
벌렁벌렁 가슴을 열어주며 줄달음만 재촉하고 있다
내가 잿빛 기둥을 끼고 달려 나갈 때
너는 어둠을 숨긴 모퉁이를 돌아서고
그리움 쪽으로 방향을 잃고는
기어올라야 할 계단을 찾지 못한 채
담금질된 레일 위를 돌고 돈다
오늘도 너는 왼쪽으로 돌고
(어느 쪽이 왼쪽이지)

계단을 밟아 높이 오르지도 못한 나는
제 발자국도 갇혀버리는 오른쪽으로 돈다
(어느 쪽이 오른쪽이지)
이 넓은 공간을 소란스럽게 네가 오른쪽 가슴을 열었을 때
(어디가 오른쪽 가슴이지)
나는 왼쪽 가슴을 열어 보였다
(어디가 왼쪽 가슴이지)
더 낯선 곳에서 가슴을 여는 꿈을 꾸며
덜컹거림은 내리지 못하고 있다

# 오른쪽과 왼쪽 사이

광역버스를 타고 달려가는
속도가 어제와 오늘이 다르다
창가로 더딘 풍경이 달라붙는다
좌측 창가에 앉아서는
우측 창가로 보이는 것을
볼 수 없는 것이 있다
되돌아 올 때 우측 창가에 앉아도
갈 때 보았을 것을
볼 수 없는 것이 있다
지금 막 본 것도 다시 볼 수 없는
타자(他者)의 속도로 창가에 갇히면
일정한 가속에 접힌 오금이
엔진소리에 박자를 맞춰 저려온다
늦춰가고 싶은 마음에
오른쪽 창가로 가 앉는다
왼쪽 풍경들이 떨어져 나가고
창에 반사된 햇살이 눈멀게 한다
제 걸음으로 갈 수 없는
나무처럼 사방으로 팔을 뻗지 못하고
두 팔밖에 벌리지 못하는 것이
한쪽으로 던져진 먼 시선이듯

가도 가도 흔들림에 잡혀들 때
전용차로를 헤집고 들어앉은
환한 그늘의 명쾌한 웃음 그립다

# 진화의 방향

당신은 바다에서 올라왔다
아가미를 뜯어내고
허파를 달고 나와서는 우리를 낳았다
지상(地上)에는 고향이 없다고
절름거리며 세상을 흔들어 댈 때도
Y축으로 기울어진 벌판에서 우리는
눈금자를 가지고 놀았다
허파로 숨을 쉬면서도
속으로 아가미 숨을 쉬는지
흐릿한 날엔 차를 몰아 동해로 달려갔다
당신을 죽이려고 돌팔매질을 하면
바다에서 미처 다 오르지 못한
한 알 한 알 모여서야 제 몸이 되는
백사장이 양서류처럼 발목을 물고
우리가 던져 넣은 돌마저
모래가 되어 매달렸다
우리는 바다로 들어간다
인성(人性)으로 길러진 허파를 떼어내고
처음 시작했던 그 아가미를 단다
팔을 비틀어 지느러미를 만들고
꼬리를 살랑 흔들며 바다로 들어간다

X축으로 12도 기울였다가
바다로 돌아간 고래가
물속에서 젖을 물려 새끼를 키우듯
−24도로 잠행하며 접선(接線)한다
스마트폰을 들고 옷을 벗으며
당신도 없이 너무 깊은 오늘도

# 접힌 곳은 검다

접힌 모든 것은
금 따라 어두운 빛을 품는다
높고 가파른 바위도
접힌 곳으로 검은 무게를 흘리고
두런거리던 바람도 그곳에 앉아 죽는다
골바람 일으키던 먼 산도
빛을 가둬 풍문 가득한 물길을 내고
꼿꼿이 선 나무도
살 주름에 흙먼지를 담고 산다
전깃불을 업고 흘러나온
너의 마을도
골목에 이르러 빛 접는다
그늘진 곳으로 횡단보도도 낼 수 없어
늘 월경을 꿈꾸고
외돈 마음까지 접혀 들면
짙은 어둠을 품어 습한 몸으로
나는 쉬 제 빛을 내지 못한 채
유행에 잡힌 옷깃에 꽁꽁 숨는다
스스로 가볍게 펴들지 못하는
검은 뇌와 심장을 꺼내
태어나는 것도 금에서라고
접고 또 접는다

# 명상(冥想)

무릎 접고 손 모아 눈을 감는다
안으로 돌아누운 눈동자가
건너갈 허공다리를 제 속에 세우면
끝 간 데 없이 길고 긴 위로
몸이 둥둥 헛걸음질 치며 건너간다
한가운데 이르러 목덜미가 가렵다
서둘러 긁는 동안 다리는 어두워지고
깜깜한 흔적을 더듬던 손등이 가렵다
왼손으로 왼쪽 손등을 긁듯
가려움은 눈을 감고도 환하지만
다리는 어둠에 갇혀 건널 수 없고
멈추지 않는 가려움이 등을 밝힌다
손에 잡히지 않는 가려움을
난간이 되지 못한 난간에 비벼대면
사물들만 주억거리며 주저앉고
가려움이 다시 다리로 내려간다
환하게 가려움이 다리를 허물어도
가려운 곳을 다 긁고 갈 수 없을 때
눈을 더욱 감아야 저편이 보인다

# 명동(明洞)

겨울에서 가을로
소나무 숲 가장자리 참나무 있다
참나무 허리 옆으로 벚나무 살고
물푸레나무가 어깨 기대고 있다
잎 서로 흔들며

단풍잎은 떨어지면서야
제 붙어 있던 줄기를 뒤돌아보고
남의 가지를 스치며
하나둘 낮은 곳으로 모인다
색도 다르고 모양도 다른 것이
무게도 다르고 두께도 다른 것이
뒤섞여 뒹굴며 모여들어
허기진 바람을 재운다
높다고 뻗쳐오르던 것도
허공을 희롱하던 손짓을 놓고
몸을 내 던지고야 마는
이곳은 계절의 명동

한때 붉게 달구었던 마음으로
저린 다리 끌며 내려선 곳

형형색색의 추억이나 뒤집고 있으려니
설핏 겨울눈이
덮개 쓴 나를 밀어내고 있다

# 늙은 소나무

늦여름비가 벌거숭이로 달려와서는
마른 가슴 뒤척이는 밤 숲으로 파고든다
이 비를 맞이하며 말없이 서 있는 너의
살 깊은 주름에 더듬거리는 손전등을 비추자
묵은 흙먼지가 와르르 쏟아진다
다 젖어도 차마 적실 수 없는 화인처럼
들어앉힌 제 그늘까지 놀래서는
숨겨지는 것마저 너를 닮은 잔상으로 진다
한바탕 굿판이 돌 듯 빗줄기들이 뛰어다니면
잎 큰 이웃나무들이 풍문을 돌려도
너는 비바람소리까지 죽여 받아내며
제 바늘 선 살 속으로 신음할 뿐,
경박하게 소리 내거나 굽혀 흔들지 않는다
올해는 너의 노파심에 솔방울이 많다
저 속을 틀고 나간 것들이 소란의 끝에서 영글어
다시 너를 아프게 하지 않으려마는
햇살 한줌 더 받으려고 들어 올린 허공 속으로
멀리 날아가라고 벼른 날개를 달아줘도
제대로 날아가지 못한 것들은
빗물에 휩쓸려가 산 아래 용소를 돌거나
너의 품속에서 어두운 발등을 찍고 있겠지

이 비가 가고 나면 살 주름은 더 깊어져
한 움큼 앉은 흙먼지 제 눈물로 씻어내며
적실 수 없는 것들만 안고 서서는
서툰 날궂이에 가끔 너를 닮은 것들이
다시 마른 것들의 초록향이 되기도 하고

# 헬멧 쓴 개울

이쪽과 저쪽을 오가는 다리 아래
개울이 검푸른 헬멧을 쓰고 있다
말라가는 가슴을 지키려는지
흐름이 막히도록 썩은 살 숨기려는지
긴 몸을 절름절름 잘린 채
우기를 기다리는 갈증은 헬멧 이마에서 빛나고
한때 누군가의 치명적인 목숨을 지켰을
헬멧 주워서는 떠난 물방개 자리에 눌러 앉혔다
빠르게 달려 나갈 것도
부딪쳐 다칠 것도 없는 개울이 헬멧을 쓰고
다시 천년을 살아갈 꿈을 꾼다
꾸물거리다 모래 한 알도 바다로 내려 보내지 못하고
저 헬멧마저 누군가의 손을 타
세상구경이라도 더 할라치면
온전한 것 가두지 못하는 신세가 될지 모른다
이것인들 저것인들 가뒀다 보내기는 마찬가지지만
개울은 이쪽에도 몸 내주고
저쪽에도 내주다 버림받아 건천이 되어서는
흘려보내지 못하는 체면으로 헬멧을 쓰고 있나
목숨을 지키기 위해 살아 있는 것들은
무엇이든 낯빛 두껍게 뒤집어 써야 하듯

점점 좁혀오는 여뀌는 흥흥 꽃모자를 쓰고
개울보다 헬멧이 먼저 눈에 들어오는 나는
머릿속 가득 허기를 뒤집어쓰고 있다

# 나무 아래 누워

뿌리도 없는 마음을 땅에 눕히고
흙을 파 척추 마디마디를 풀어 놓으며
키 작은 나무 낮은가지를 바라본다
키 작은 나무 높은가지를 바라본다
키 작은 나무 높은가지는 키 큰 나무 낮은가지 보다 낮다
키 큰 나무 낮은가지를 바라본다
키 큰 나무 낮은가지 사이로 키 큰 나무 높은가지를 바라본다
키 큰 나무 높은가지는 날아가는 새보다 낮다
때마침 날아가는 날개 검은 새를 바라본다
날아가는 날개 검은 새 위의 허공을 바라본다
허공이 받들고 있는 허름한 구름을 바라본다
허름한 구름 위 그 너머를 바라본다
허름한 구름 위 그 너머가 닫혀 있다
허름한 구름 위 그 너머가 닫힌 곳보다 낮다
달려가던 눈길이 닫힌 곳에서 주르륵 무너진다
무너진 것들을 거둬들인 곳에 풀밭이 있다
평지를 지키고 있는 키 큰 풀이 누운 몸보다 낮다
키 큰 풀보다 낮은 토끼풀이 내 등짝을 들자
닫혔던 저쪽 허공이 땅 속에서 반짝인다
열린 땅 속 밤하늘에 번개가 쳐댄다
척추를 타고 번개뿌리가 뻗어간다

누워서 내린 번개뿌리는 마음을 달달 볶아
척추를 세워 나무에 기대놓는다
나무의 말이 몸을 타고 돌며 공명으로 울린다
이 나무들도 높고 낮은 것을 다 겪으며 서 있듯
척추를 세워 박지 못할 일은 없다고

# 숲 깊은 그늘

서툴게 산모퉁이를 돌아선다는 것이
영역에 든 산비둘기 텃밭을 건드렸는지
화들짝 놀라 그늘을 달고 달아난다
개미가 앞다리로 들고 비비던 햇살도
기도하듯 이곳에서는 찾아볼 수 없고
나무그림자를 키워 서로서로 애무해주던
햇살도 두근두근 풀썩 주저앉아
비문도 세울 수 없는 무덤을 파고들었다
느린 걸음으로 너무 멀리 와버렸나 보다
굽은 골짜기를 앞으로만 나아가다가
몸 비벼봐야 제 살점만 내주는 나무처럼
그늘진 곳에 우두커니 홀로 서 있다
한 순간에 어두워져 가고 있는 이 산길을
다 가보지도 못하고 굽은 곳에서 동맥경화다
더듬더듬 눈 어두운 돌이 샛길로 구른다
따라간 곳에서 두더지굴이 발목 잡는다
그곳으로 어두운 길을 끌고 들어갔다가는
발길을 되돌릴 수도 나아갈 수도 없다
흙먼지만 바짓단을 뒤지며 올라오는데
던져주고 여길 뛰어넘을 도토리 하나 없다
있다, 어둠 속으로 던져버릴 것이 꼭 있다

두더지가 따뜻한 굴을 끌고 간 곳으로
벗어버릴 것 다 벗어던지고 나면
산중에서도 잡초는 길에 갇히지 않는다

# 개울에 들어간 풀

시작한 것은 너였다

빛나던 웃음 수면으로 흘려보내고
물속에 누워 허리 꺾인 춤을 추고 있다
밤새 위에서 너의 음모를 캐기 위한
무슨 일이 있었나 보다
이른 봄부터 마른 개울을 넘보던 너는
사방으로 부는 바람에도 꼿꼿하더니
한쪽으로만 몰려가는 물살에
허리 굽히고 몸 낮춰 목숨 구걸하고 있다
개울의 마른 살을 팔 땐
이렇게 절박한 것이 무엇인지 몰랐겠지
이제 한 시절 어서가라고
산막의 수도승처럼 엎드린 걸까
저 물이 가고도 다시 개울을 파야 할 손톱으로
네가 붙들고 있는 것은 또한 무엇이기에
저리 쉴 새 없이 춤을 추어대고 있는가
누군들 남의 집에 들어앉고 싶었겠냐마는
발 조금 뻗은 것이
살아보겠다고 몸집 조금 불린 것이
제 숨골을 파고들 줄 몰라

차라리 개울을 메워 저편까지이고 싶었겠지
쉬 들키지 말 일을
자신밖에 안 보이는 신명에 개울을 넘고
둑도 넘어 들로 나가려 했더란 말이냐
물 향기 맡으며 살아야 할 천형을 잊고
그 물이 무서워서 차라리
개울을 건너 들판으로 나가려던 것이냐

우기를 업은 건기의 영토에서

# 마른 변죽 울리기

습성을 모르는 물 빠진 개울이
바람 빠진 공하고 놀고 있다
때 만난 여뀌며 갈대에게
여기서 저기까지 제 몸 내주고는
콘크리트 보가 파놓은 웅덩이에서
심심한 공을 하나 끌어안고
제법 재미난 구도를 잡고 있다
비의에 찬 이물 슬쩍 집어넣어
일찌감치 흘려보내도 되었으련마는
끊긴 제 모습을 하늘에 바치고
뭔 공산에 끌어안았는지
공만이 갇힌 물을 헛돌리고 있다
누군들 가슴에 마른 아픔 한두 가지
담아두고 사는 일 없으랴마는
개울이 용도폐기 된 저 공을
건천으로 변해가는 제 가슴에 안아
산 것들 담았던 자리에 올려놓고
한량으로 놀고 있으려니
벌건 3D 안경을 쓴 여뀌꽃이
꼼지락꼼지락 앉은자리 넓혀 가고
구경난 갈대가 개울, 개울 웃는다

# 미친 동백꽃

여기저기 삭풍도 다 털어내지 못해
꽃눈 따사하게 비벼볼 새도 없는 것들 속에서
너는 만개(滿開)한 온몸을 훌훌 던지고 있구나
해풍의 짭조름한 맛에 뜨거운 신열을 이기지 못하고
성급히 제 몸을 활짝 열었던 것이냐
벌 나비도 아직 주름진 허물 속인데
동박새 부리에 제 화밀(花蜜) 내주고 판 몸으로
흐를 곳도 없는 봄 가뭄을 견디려는가
마른 갈잎에 숨은 잔설 먹으며 순정 키우는 봄
너는 자꾸 헤픈 몸을 떨어낸다
열정으로 타버린 붉은 화장기 지우지도 못하고
춘심(春心) 동하여 달려 나왔다가
송두리째 몸을 던져버리고 마는 여인처럼
통 크게 일을 저지르고 있구나
시들시들한 아쉬움 제 품 안에 두지 않으려고
다시 피고 질 일을 간단히 마무리하는 너는
시선 밖의 유혹(誘惑)에 이끌려나와
겨울 풍경에 붙었다 봄 풍경에 붙었다 하며
틈바구니에 서서 옷 한 겹 더 입었다 벗었다하는 내게
훌러덩 단내 나는 제 꽃문 열어 던지며
마음 흐르는 데까지 다 벗어 보란다

# 겨울 오리

물꽃도 져 가슴 시린 겨울 강은
추위에 얼음장을 덮고 눕는다
데워지지 않는 체온으로
찰박찰박 찰던 것들이 기어나가
빠끔히 열어놓은 숨구멍,
오리 한 쌍이 교대로 잠수를 한다
강의 숨구멍으로 들어가려고
제 숨을 참아 얼음물에 머리를 박는
여기는 긴긴 겨울 강,
먼저 들어간 수컷이 한참을 못 나오자
암컷이 서둘러 고개박고 자박자박
물 파장으로 길을 내주도록
세상 울음 삼킨 밑에 무엇이 있기에
저리 긴 시간을 잠수해야 하는가
오리가 또 잠수를 한다
나도 식은 입김을 뱉으며 숨을 참아
턱을 치고 올라오는 공기 속으로
들이밀 숨구멍을 찾아 잠수를 시도한다
겨울 강은 겉으로 깊어가고
찰랑찰랑 숨이 차오른 수면 밑,
살고자 하는 것은 숨을 참는데
다시 나갈 빈 구멍만 숨 쉬고 있다

# 제3부

# 나는 나의 인연

# 질주

골진 편서풍이 모로 서 분다
낮은 고랑을 들쑤셔 끌어낸 낙엽들과
방울새 통통 쏟아지던
교목 사이를 탈출한 낙엽들이
도로를 가득 메우고 질주한다
우르르 종종 꼬리를 물고
제 길인 양 운김 쏟아내며 달려간다
쫓아 나섰던 일행들을 놓치면
더러는 버스를 따라 역주행을 하기도 하고
모퉁이에서 주저앉아
삼삼오오 중얼거리기도 한다
끝 간 데 없는 바람이 또 분다
다시 한 무리가 달려 나간다
좀 더 가벼운 것들부터 꼬리를 세우고
쪼로롱 나폴 속도를 높인다
제 걸음에 걸린 것들은 몸도 눕히지 못하고
지친 편서풍 그늘에 주저앉아
덤불을 들쑤시는 방울새처럼
배수구며 관목 사이로
엉덩이 치켜든 채 머리를 박고는
썩은 물 내를 맡고 있다

머리라도 미처 들이밀지 못한,
촐랑촐랑 따라나서 달리던 낙엽들과
그것들을 몰고 다니던 편서풍이
큰길을 지나 숲으로 든다
숲은 소란을 밖으로 내보이지 않고
날숨으로 든 것들에게
토닥토닥 흙 한 덩이씩 달아준다

# 잠행

막다른 인가(人家)로 이어지는
길이 막 시작되는 곳에서
숲은 발을 씻는다
사람의 마을에 이르러
좁아지는 발걸음을 가볍게 딛고
흔적을 찾아 가만히 들여다보면
길은 고단한 손금처럼
천형(天刑)으로 얽혀 있다
희미할수록 포식의 썩은 내가
낯선 우주의 여행자 코를 더듬어내
축대며 담장에 경계(警戒)의
인광(燐光)을 숨겨두어
숲은 쉬 길을 잃지 않는다
깊은 골짜기를 너무 멀리 끌고나와
간혹 에둘러 가다 살내를 맡을 뿐
바람으로 머리를 감으며
도심(都心)으로 달려가는 차를
쪼르르 따라나서지 않는다
길을 나서는 것들은
길에서 다시 만나지지만
숲은 앉아서도 길을 잇고
사람들은 떠나면서도 숨어들 길을
가르고, 가르고, 가른다

# 밭에서

밭에 콩을 심으려고
흙을 고르고 돌을 걷어낸다
서툴게 골라 던져보면 흙이다
다듬어 두둑을 만들고 보면
고랑을 타고 선 돌이다
돌이 스멀스멀 고랑으로 흘러내려
물길을 닦는 흙이 된다
바람도 햇살도
이 밭에서는 두 몸을 담그고
억센 쇠비름도 한 발은 흙에
또 한 발은 돌에 묻고 산다
밭은 내가 고른 살의 돌,
뼈의 흙이어서
씨앗들이 흐물흐물
돌 속에서 흙을 먹는다
밭을 괭이로 내리찍으면
알뿌리처럼 콩밭에서 팥들이 나와
거친 풀숲으로 튕겨나가고
흙으로 있어도 돌로 있어도
이 밭에서 모든 씨앗은
무릎에 묻은 먼지를 털지 않고는
일어서 나갈 수 없다

# 화초 가꾸기

화초가 뜬 눈으로 죽어간다
고산 식물이 죽자 고산이 없어졌다
해안 식물이 죽자 해안이 없어졌다
다시 열대 화초를 키운다
다시 아열대 화초를 키운다
더위가 집안 가득하다
열대야가 이어지더니 국지성 폭우가 수시로
물 폭탄을 쏜다
둥둥 떠내려가는 집에,
아내 옆에 다른 아내를 앉히고
아들 옆에 다른 아들을 앉히고
딸 옆에 다른 딸을 앉히고
내 옆에 그들을 앉혀 구색을 맞춘다
다른 아내가 죽는다
다른 아들이 죽는다
다른 딸이 죽는다
다 죽어 나가도 나는 죽지 않고
열대와 냉대 화초를 심는다
꽃 피는 풀 옆에 잎 푸른 나무를 놓고
지난 태풍에 쓰러진 가로수를
옮겨다 심는다
이제 제법 그럴듯한 집안,
잎 붙들고 선 관목 위로 비바람이 친다

# 나는 나의 인연(因緣)

집 앞 사거리에서 서북쪽으로
돌아나갈 때 종종 너를 만난다
분명 어디서 본 듯한데,
마주앉아 같은 곳을 보며
친밀한 대화를 나눈 것 같은데,
서로 스쳐지나 가면서도
인사를 나눌 수 없다
등 뒤로 환영이 뜨고
그 마저 사라져 보이지 않아도
어디서부터 시작되었는지
어디서부터 끊긴지를 모르겠다
오늘은 후광 환한 모습으로
웃음 가득 물고 온다
여기까지 좋아지는 기분이
천천히 와서는 휭 지나간다
첫사랑이었을까
신나는 일을 꾸미려고 만났었을까
내 어머니였을까
인사를 건네지 못하는 나는
환풍구에 서성이는 바람이다

# 두족류(頭足類)의 일상

시계가 멈춘 벽에 등 기대고
앉아 오징어를 씹는다
다리부터 씹는데 머리가 씹힌다
다리를 먹고 싶으면 머리를 씹어야 하는
너를 가슴팍에 품고
깊은 바다를 횡단한다
인도양을 지나 대서양쯤에서
계절풍처럼 대륙까지 휩쓸 오만함으로
다리가 휘날린다
벌판을 내달려 신전에 이르러
사과나무 아래에서 배불린 너는
제 몸통을 뒤집어 다리를 머리에 얹는다
짠물에 오돌오돌 절은
한시도 가만히 있지 못하는
촐싹거리는 다리를 이고
또 다른 다리가 머리를 먹는다
머리가 다리를 먹는다
가만히 벽 기대고 앉아서 쉽게 먹는

내 다리도 머리에 붙어 있다

# 길 위의 잠

너를 건드리면 위태로운 칼날이
나를 잠 속으로 몰아갔지
축축한 그 속으로 파고들며
똬리를 틀고 누워서야 안녕을 묻고
허물어진 방향의 담장 밑에
끼인 발목을 붙들고 꿈을 꿨지
근육들이 산산이 흩어져 기립(起立)하고
또다시 갈기갈기 너를 감고
나를 잠 속으로 몰아갔지
너를 뚫고 나가려 하면
다 꿈꿔내야 하는 것을 아는 눈이
보이는 것들을 먼저 허물며 가고
놀란 나는 대사(代謝)를 거둬들였지
혼자 살 수 없는 세상을 만나
아무에게도 다다르지 못하는
잠이 든 동안에
너는 더 커져 동면(冬眠)을 부추기고
이기지 못하고 이름을 지우다
제 머리로 제 가슴을 누르고 든 잠
눈 뜨지 않는 기도,
달아나다 멈춘 곳에서
담장 돌아서다 다시 꿈꾸지 않기를

# 나날의 초상(肖像)

한 세기가 통째로 히말라야로 간다
꼬리에 꼬리를 물고 히말라야로 간다
안락소파를 안고 가기도 하고
자기체면용 수면제를 메고 가기도 한다
우리는 너나없이 히말라야를 위해 투쟁했다
일상의 산소가 부족해도 숨이 가벼운 곳
만년설 위로 환상의 화이트아웃이 펼쳐지는 곳
빙하가 신비의 크레바스를 만들고 있는 곳
그 높이를 알 수 있고
그 깊이를 알 수 있는 히말라야를 향해
일찍이 꿈을 키워온 우리들은
그곳으로 달려가
그곳에 불시착한 경비행기에 집을 짓는다
문밖 설원에 감자를 심고
때때로 자신들을 묻어
만년을 살기 위한 동충하초(冬蟲夏草)가 되기도 한다
유럽행 비행기를 타고 히말라야로 간다
남극으로 향하는 쇄빙선을 타고 히말라야로 간다
우리는 너나없이 그곳을 다녀와
낯익은 글을 내고 사진도 걸었다
더러는 히말라야로 가는 길이 잘 이어진

2호선 순환 지하철을 타고 헛돌다가
핸드폰 영상을 들고 바캉스를 떠나고
오늘도 그곳으로 가지 못한 이들은
설원 위에서 모래 고물을 제 몸에 뿌린다

# 신 고려장

새벽 고속도로 가장자리에
신 한 켤레 가지런히 앉아 있다
누가 꿈결에 제집인양 벗어두고 갔는지
꿈꾸듯 앉아서 떠난 것을 기다리며
차로를 기웃거리고 있다
어느 먼 곳에서 실려 왔는지
또 얼마를 더 가야 하는지도 모르는
이정표도 돌아앉은 외진 길에서
하얀 세제 냄새 폴폴 날리고 있다
여기까지 같이 왔던 이는
제 급한 볼일만 보고
편안하게 벗어둔 채
시속 100킬로미터로 달아나 없는데
풀 섶에 남긴 배설물을 지키며
온 길에 시선을 둔다
갈 길에 시선을 둔다
잠시 어긋난 바람에 스치듯
칼끝같이 날선 몸을 붙들고
그렇게 평생을 문 끝으로 살아왔던가
안으로 따라 들어가지 못하는 너는
신을 때조차 기억되지 않는

다가가도 멀어지는 구애처럼
시속 100킬로미터로 넓혀간 빈집,
그 문간을 지키고 있다

# 나비

오월에 핀 유채꽃이
유월에 베어졌다
아파트 자락으로 꽃물결 이루던 것이
하루아침에 씨앗 물고 베어졌다
한나절 사진 찍으러 나오기로 기약했는데
광풍(狂風)이 불었는지
심은 마음이 베는 마음과 같아
꽃 피워도 잘리고 마는 계절 속으로
이 꽃밭에서 태어난 나비들이
떠날 준비도 못한 채
넘어진 것들의 말라가는 주검을 빨며
이별을 하고 있다
꺾인 꽃대 사이로 찢긴 전단(傳單)처럼
날갯짓마저 절름거리면
오월이 온 듯 유월이 간다

# 거울

너는 우둔한 집이다
어느 터에 지어도
세상 것 다 모여들게 해
늘 들어오는 것을 마다하지 않지만
나가는 것도 막지 못하는,
그곳에 들어앉아
나는 긴 햇살에 걸려 늘어진
얼굴의 잔털을 뽑는다
단번에 잡지 못하면
곧 속임수에 당해
올리면 내려가고 내리면 올라가는,
당기면 밀리고 밀면 당겨지는
너의 집에선
내 손마저 나를 속이게 한다
언제나 빈집이 아닌 네가
나른한 오후 속으로 걸어 들어간다
나도 따라 들어가
나를 보려고 들여다 본 곳에
허방의 집을 짓는다

# 용바위

나의 성긴 유년으로 가는 길에
용 한 마리 살고 있다
물길이 할퀴어 낸 산허리 끝으로
물 마시러 나왔다가는
산자락에 꼬리 잡힌 채 굳어버린
용 한 마리 살고 있다
흐르는 것 막는 줄 모르고
큰 덩치 끌고 나온 것이
미처 꼬리도 빼지 못한 채 성급히 나온 것이
산으로 돌아갈 수도
강으로 헤엄쳐 나갈 수도 없게 되었다
물 닿은 곳부터 굳어진 몸이
눈시울까지 다 흘려보낸 이젠
강폭이 좁아지도록 물을 마셔도
갈증은 멈춰지지 않는다
다시 물 마시러 나온 이 용 같은 나를
내 거울에 갇힌 아들이
제 방문을 열고 나왔다가는
눈길도 주지 않고 무심히 비켜간다

# 산문(山門)
## - 통도사 가는 길

책상머리에서 길을 찾는다
깊은 수렁으로 계단만 꺼져갈 뿐
발 옮겨갈 곳 없다
벗어나 바라보자고 엎혀간 곳,
절에서 그 길마저 끊겼다
문짝도 없는 산문에서
들끓는 인파(人波) 속으로
풍경마저 안팎에 걸려 있다
다시 길을 묻는다
안으로 들어가는 길을 묻는다
밖으로 나가는 길을 묻는다
외진 절담을 타고 돌아가보고
개 짖는 소리를 찾아가보지만
사방 나 서 있는 곳에 갇힌 채
신은 누각 안에서도
축대 위에서도
도통(道通) 어디로 가려 하지 않는데
왜 나는 여기서 길을 묻는가
길을 잃고
내 발을 붙들고 있는 것은
이 대단한 절이 아니다

# 빈손

여름내 길을 튼다
날고 싶어 휘저은 하늘 향해
내달리던 날개 짓,
뻗어가던 몸은 여기서 멈춰 있고
허공을 파 길을 내던 것들이
살 비늘처럼 떨어지고 있다
네게로 다가가려는
이 수직상승의 조바심에
색을 너무 짙게 들였는지
갈길 먼 제 발등만 덮고
너를 부르던 손짓도 허전하면
이제 잊은 건 아닐까
깊은 잠결을 뒤척이며
나는 서리꽃을 들고 있겠지
계절풍이 거세도
너를 향해 늘 길을 트고 싶어
하염없이 흔드는 빈손

# 웃음

곁이 넓은 들판은
꽃을 홀로 피게 하지 않고
곁이 넉넉한 사람은
홀로 울어도 웃음이 퍼져간다

홀로 웃는 웃음은 눈물을 머금고 있어
허리 굽은 물고기들이 쉼 없이 유영하고
끝내는 소리마저 협곡에 갇힌
깊은 공기처럼 피식거린다

저기 가득 핀 꽃이 울고 있다
저기 홀로 갇힌 이가 웃고 있다

웃음은 모여서야 터져 나오고
울음은 혼자서도 제 장단에 흘러가지만
홀로 웃는 웃음은 웃음이 아니다
홀로 웃는 울음이다

들판을 가로질러 가는 웃음은
꽃들이 몸 부딪치며 만들어낸 재잘거림
여기서 걸음을 못 떼고 쏟아내는
이 홀로 웃는 웃음은

# 탈선

편승하려고 플랫폼에 이르렀을 때
내 눈과 마주치고도 성급히 문을 닫은 너는
서두른 발길이 타야 할 자리를 실은 채
몸 덩어리만 덜렁 남겨두고 출발한다
한숨 걸러 뒤따라오는 차를 타고
앞서가며 담고 버리고 할 너를 따라간다
어디쯤에서 따라잡을 수 있을까
어디쯤에서 한번쯤은 추월할 수 있을까
네가 휘파람을 불며 지나간 길,
네가 먼저 시끌벅적 달구었을 간이역,
몇 차례 흘려보내고도 따라잡을 수 없는
처진 뒷길에서 환기되지 않는 숨 헐떡인다
팽팽한 레일 위로 그리움만 커 가면
이렇게 놓치고 말까 아귀 물린 조바심이
네가 간 철길에 주검 없는 무덤을 만들고
레일을 벗어나 흙탕길로 추월을 시도한다
자꾸 뒤따라 잡히기만 하는 앞 추월을
시도할 수도 없는 환승 플랫폼에서

# 제4부

꽃, 문신

# 나의 낙타

너는 늦진 사막을 건너는 나의 낙타
안락한 등짝에 올라앉아 가는 내가
욕망 가득한 하체로 가려버린
너의 발을 내려다 본 적이 있었던가
모래톱에 빠지지 않으려고 평발인 것을
열사(熱沙)의 뜨거움을 막으려고
묵은 털로 뒤틀린 발을 가리고 있음을
채찍으로 덮어버린 나는 보지 못했다
미명(未明)의 꿈속에서 달려온 말처럼
진흙탕 길에서도 날렵한 발일 줄 알아
오늘도 느려터진 너의 위에 앉아
게으른 휘파람을 불며 사막을 건넌다
오아시스를 지나온 이 사막에서 너는
동쪽으로 고된 기억(記憶)을 몰아가는데
나는 네 등에 앉아 서쪽을 서성이고,
저기 더 먼 길을 떠나고자 굽혀 서서는
엉킨 털에 밭은 침을 바르며
머물기 위해 나아가야만 하는 핑계처럼
내가 벗겨낸 허물로 발을 싸매고 있다

# 계면활성 보고서

내가 네게
네가 내게 서로 스며들 수 없다면
계면(界面) 반응을 일으켜
서로 음조 맞춰 놀겠지
이곳에서 그곳으로 훌쩍 뛰어넘지 못하고
몸 비벼 나누는 사랑

너 먼저 죽이길 바라지 말고
나 먼저 죽이거나
나 먼저 죽이길 바라지 말고
너 먼저 죽여서는,

여길 벗어나려 하기엔
의식의 매개(媒介)가 너무 깊다

너를 향한 계면놀이에
앞서 나가는 나의 그림자
제 몸에 붙어
놀이 떡이나 얻어먹고
서로 몸 위에 누워서야 허물어지는
이 활성(活性)

# 노는 남자

관현악 합주가 풍류를 탄다
덩치가 산 만한 남자가
제 손가락 같은 세피리를 분다
갸우뚱갸우뚱 고개장단을 칠 때마다
두 주먹에서
소리가 갇혔다 열렸다 흘러나오고
조명에 접혀들었는지
보이지 않는 악기를 들고
남자는 자동인형처럼 신명이 났다
합주가 끝나자 암전 속에서
악기들이 눈을 내리뜨고 줄줄이 나간다
남자는 고개 바짝 쳐들고
남은 휘몰이장단 반동을 털어내듯
팔을 휘휘 젖으며 나가는데
낮은음 줄처럼 무릎저린 여자가
덩치 큰 거문고에 잡혀
무대에서 사정사정 끌려 나가고

# 또 노는 남자

출근한다고 집 나선 남자는
도서관 창가에 망상을 펴놓는다
행간 더듬던 시선이 창밖으로
뻗쳐갈 때 여자가 걸어간다
저기 무거운 학습지 가방을 들고 메고
불편한 옷과 구두를 꿰고 걸어간다
어깨가 오른쪽으로 기울고
궁둥이가 왼쪽으로 쏠린 채
여자가 걸어간다
젖가슴이 어느 쪽으로 기울었는지
앙다문 입술이 왼쪽으로 쏠리고
처진 눈꺼풀이 오른쪽으로
빛 반사되고 있다
남자는 빈 제목의 책 속으로
허리를 접어 넣고 고개를 비튼다
비집고 들어간 갈피에서
바닥 그리운 등짝에 자형을 새긴
여자가 풍경사진처럼 걸어 나와
아파트 단지 입구에서
덩치 큰 새 아이를 잉태한다

# 아가타

내 안,
나도 모르는 나를 깨운다
또 다른 나를 끌어안고
칠푼이 팔푼이가 되도록
네 앞에서 허물 벗으면
애가 타 목마름에 부르고 불러본다

너를 닮았더냐
나를 닮았더냐
깨워내어 무엇을 하려느냐
기쁨이 되려느냐
상처를 건드리려느냐
네가 있어 웃음 웃고
네가 있어 울음 울고,
벽이 울어준다 문이 웃는다

세상 혼자 살지 말라
너는 술수의 달인,
제 변심에 울고 웃던 것들도
너를 만난다
나를 만난다

# 해태목(海苔木)

산에 서서 그리워했다
먼 바다
그 넓은 가슴,
한번쯤 내 발을 옮겨
그곳에 가고 싶었다

푸른 살갗 더욱
물빛 푸르게 드리고
하늘 맞닿은 바다가 되고 싶었다

그러나,
또 다른 붙박이가 된다
미처 물들이지 못한 살까지 벗겨주고
산에서 태어나
바다에서 죽는다
산에서 산 날보다 더
긴 시간을
바다에서 죽는다

바다에 서서 바라보니
산이 하늘과 섞여 놀고 있다

# 타는 낙엽을 바라보며

누군가 여리어진 내 감성을 딛고
허공 어지럽게 낙엽을 태우고 있다
늦가을 들판을 헤집고 다니는
순례자의 옷깃처럼 연기가 풀려나면
바람도 쓸려가며 낮은 비명을 지른다

사륵사륵 낙엽 타 들어가는 소리
내 귀를 긁지만,
얼마나 옹골차게 그리운 소리인가

땅을 기는 바람에도 몸 뒤치는
그 메마른 숨결이 탄다
우주의 혈관을 찢어 피를 토하듯
불길 일렁이며
서로의 몸을 태워 한 몸이 된다

나는 낙엽 타는 소리에 잡힌 벌거숭이,
저녁에서 아침으로
바람 모퉁이를 누비며 산다
사그라지는 낙엽만큼도 소리 내지 못하며
내 감성의 골을 다 드러내고 있다

누군가 낙엽을 태우며
나의 가슴을 태우고 있다

# 길 위의 죽음

바퀴도 달리지 않은 것이 더구나
다들 직진하는데 횡단한다고
넓은 길로 내려섰다 주저앉고 말았다
제 살아 온 곳에서
마음 추스르지 못하고 저 건너편으로
가보고 싶어 나선 4차로에 갇혀
내장까지 내주고도 벗어나질 못하고 있다
그래도 가 보려는 듯 죽은 몸 들썩일 때마다
차들은 털신을 만들어 놓고는
신고 가질 않는다
뉘도 신고 가지 않는 털신이
2차로에서 1차로로 차선 변경을 한다
저 곳으로 가고 싶었던
넓은 곳으로 달리고 싶었던
모든 것이 갇혀버린 이 길에서
털신이었다가 쓰레기로 남고 말았다
제 마음에서 시작한 산 것들의 달리기는
또 다른 산 것을 만들지만
가죽도 남기지 못하는 세상에서 나는
너무 많은 것들을 만들고 있다

# 앞길 뒷길

산을 오르는 길도
이젠 너와 함께 가고 싶다
혼자여도 혼자가 아니었던 마음 헐고
혼자였던 적이 없는 나로
너와 함께 가고 싶다

내가 딛고 선 길에서
앞세우거니 뒤세우거니
길을 내주며
뒤란 같은 내 비밀을 말려
너를 밝혀주고 싶다

나는 샛길에서 와 샛길이 재미있지만
너만은 제 길을 가라
너와 함께 가는 길이
한걸음도 헛디딜 수 없는
이 산에서 만큼만 살 수 있으면
나무걸음도 더디지 않다

# 강 1

저녁 어스름이 풀 허리로 내려서면
수면 위로 아버지 얼굴이 떠올랐다
별무늬 가슴을 열어
물빛 접어들고 있는 아버지는
강으로 흘러나온 어둠인 나를 꽃 머슴처럼 세워둔다
두런두런 밤을 흔들며 물소리 허공으로 일어설 때
나는 물안개만 한 가슴 안고 돌아왔다

# 강 2

그리움 비스듬한 아침 한나절
가버린 물그림자만 물풀에 남아
성긴 아버지의 음성을 붙들고 있다
제 키를 모르는 모래알들 외발로 구르며
풀숲 헤집고 둑으로 오르면
나의 살비듬만 날리는 강은
얼굴도 모르는 내 아버지를 내어줄까
나의 잠결에라도 흘러 흘러서
버드나무 지지할 흙 팔아 뿌리꽃 피울 때
아침은 강을 기울여 들판이 될까
햇살 건너와 내 몸을 묶는
강은 아버지의 유산처럼 흐른다

# 강 3

강은 산자락을 붙들고
산은 강 허리를 끌어안고
뜨거운 아우성을 숨기고 있다
어두워져서야
강마을 불빛으로 만났다가는
새벽녘
하상으로 물안개 토하며
헤어지는 산과 강은
내 아버지의 기억으로 나의 촉각
그 끝에서 울부짖는다
유산처럼 지친 잠,
잠들지 못하고 있다

# 강 4

강을 세워두고 산이 흐른다
물살을 끼고 물오리나무숲도
눈시울 뜨거운 하늘도
아버지의 상여집도
아버지도 흐른다
땅에 묻은 것
가슴에 묻은 것 다 흘러간 후
강의 흐름으로 서 보면
그때서야 물이 흐른다

# 꽃, 문신

아버지는 야행성이다 잠든 나의 가슴 혹은 머릿속 그 깊은 어둠 골을 타고 온다 얼굴도 모르는 아버지는 들꽃 한 아름 안고 와 나의 벌거숭이 몸을 때린다 부서진 꽃잎들 살을 파고들어 문신을 이룬다 아버지, 이 꽃 문신 내꺼야? 오늘도 아버지는 밤안개 속으로 와 꽃을 흔든다 나의 꽃 문신을 흔든다

# 제5부

# 희미한 기억의 저편

# 장미, 버림받다

오직 사랑 받기 위해 길러져 사랑밖에 모르는 너는 바
라만보아도 사랑이 뚝뚝 묻어난다 전자동 온습도 조절
기 아래에서 한순간의 뜨거운 사랑을 위하여 내장까지
태워 모든 날 꽃물 들였다

꽃다발이 버림받았다
지하철역 쓰레기통
설핏 부끄러운 봉우리까지 웃고 있는
꽃다발이 통째로 누워 있다
미처 고개도 숙이지 못한 것들이
포장 밖으로 웃음 날린다
아직 오지 않은 사랑이
꽃다발은 슬프다

노숙이 너무 슬프다

# 정상에서 죽음을 맞다

비에 짐짓 움츠려든 산 어깨를 딛고 칼바위 능선에 올라선다 지고 온 배낭을 열어 근육 풀린 팔다리와 흘려보낸 체온을 찾지만 입에 단 것만 나온다

이 산정에 내리는 비는 행복하다 사뿐히 내려앉아 저 아래로 떨어져 부서져가는 동행의 비보다 먼저 죽을 수 있어 행복하다(뉴스가 되지 않는 죽음을 지켜보는 것은 또한 얼마나 행복한가)

여기 오르지 않고 저 아래에서 배낭을 푼, 죽을 수도 없는 이들의 몫을 나는 여기서 만난다 더 이상 추락할 곳 없는 비는 절벽 위에 나를 내려놓고 간다

누구나 절벽 위에서는 죽음도 안전하다

# 밤, 고속도로

나의 야성(野性)은 언제 끝나려나

이 길 위에서 너를 만났고
이 길 위에서 또한 모든 것을 묻었다
가슴 부여잡고 밤길을 몇 차례나 달렸던가

이 길은 무슨 길이기에 밤에도
잠들지 못한 슬픈 목적지가
내려가기도 하고 올라가기도 하는

나의 야성(夜性)은 언제 끝나려나

# 휘파람 속에는 슬픔이 잔다

속 비워진 맥주병 둘, 구부능선에 나란히 누워있다 어디서부터 끌려왔는지 제 속 비워 남의 속 채워주고 깊은 산 속에 넉넉한 자리 깔고 누웠다 비워진들 버려지길 두려워하랴 버려두고 가는 마음, 찌그러지는 알루미늄캔인들 다시 데려갔을까 솔잎 침대에 등을 긁는다 빛이 가득 들었다 나가자 바람이 든다 휘파람을 불어 실없는 허공을 부른다 등짐 무거워 버려진들 비워지지 않으니 목쉰 휘파람 지고 가란다

# 한밤살이 집

지하철 2호선과 3호선을 환승하는
그 복잡한 통로에 골판지 집을 짓는다
남들이 하루 일을 끝낸 언저리에
하룻밤 바람을 잠재울 집을 짓는다
과자 박스나
전자제품 박스를 들고 와
잇대어 짓거나
한 번에 펼쳐 짓기도 하고
구들만 놓고 잠과 씨름하기도 한다
그러나 어차피
날이 새면 제 발로 걷어찰 집,
아예 짓지도 않고
술 몇 잔과 이야기하다
가슴 다 열어놓고
좀체 덥혀지지 않는 타일바닥에서
제 체온과 싸우는 사연은 얼마나 뜨거운가
골판지로라도 집을 지으면
그들의 사연도 말라버리고 마는
이곳의 삭풍을 뚫고 나는 지나간다
또 다른 독주로 불을 지른
타지 않는 나의 가슴 속 바람집을
네게 꺼내 보일 수는 없다

# 허물 젖다

누가 입다 벗어 던졌는지 두툼한 겉옷 하나 겨울비 오
는 차도 경계석 위에 걸터앉아 있다 씀직한 옷이 추위
를 벗어던지고 경계 이쪽과 저쪽에서 젖는다 제 몸에
서 젖은 걸 저렇게 또 젖게 벗어놓고 어디로 갔을까 저
허물을 벗고 무엇을 더 적실 게 있어 훌렁 벗어 던지
고, 어느 지하도에서 따스한 사막의 전쟁소식 가득한
신문 주워 전유물의 집을 지었는지 겨울비도 이 땅의
허물처럼 지하도로 흘러들고 있다

# 욕망의 레미콘

콘크리트 포장이 끝난 길 끝에 다시 큰 공장이 들어서고 있다 철 빔 몇 가닥 올라섰는데 흙무덤으로 붙어살던 마을은 온데간데없다 포장도로를 달려온 레미콘 차량이 공사장으로 들어서다 벼들이 이삭도 내밀지 못한 논으로 처박혔다 제 뱃속 가득한 콘크리트를 가지고도 박힌 몸을 빼내지 못하고 있다 뱃속 가득 채우고야 살아가는, 어디든 달려가 처발라 굳혀야만 살아가는 것이 젖은 흙구덩이에 처박혀 몸 비벼댈 때마다 더욱 처박힌다 며칠만 저러고 있으면 제 속도 굳혀버릴 것을 토해내지도 못한 채, 나도 그렇게

# 핑계

헛잠을 잤던가 잠자리를 털고 일어나 입고 나갈 바지를 찾는다 잠자리를 들출 때마다 깔린 바지가 나온다 이쪽을 들추면 다리가 하나인 바지가 나온다 저쪽을 들추면 다리가 네 개인 바지가 나온다 다시 들추면 다리가 없는 바지가 나온다 다리가 온전히 두 개인 나는 몸에 맞게 입고 나갈 바지가 없다 이 잠을 털고 나갈 몸 하나 제대로 가릴 것이 없다 도로 누워 잠을 청한다 이미 잠은 멀리 달아나 없는데, 가려지지 않는 햇살이 든다 입고 들어온 바지가 없다는 생각에 다리 네 개인 바지를 입는다 무릎걸음으로 두 다리를 숨기고 허방의 거리로 나선다

# 조바심 난 단풍나무는

제 그늘 밖으로 나가 살라고 씨앗들에게 잠자리비행기
한 대씩 달아줬지 발밑에 떨어져서는 씨앗을 틔울 수
없다고 너른 세상으로 나가 안락한 일가 이루라고 이
른 봄부터 화장을 하며 꽃잎을 팔아 예쁜 날개를 만들
어줬지 마지막 화려한 비행이 연습할 수도 없는 그 비
행이 우리의 비극이라고, 어디까지 날지도 모르고 어
디에 떨어질지도 모르는 것이 우리의 또 비극이라고,
혈압 높여 핏물을 들이며 씨앗들에게 잠자리비행기 한
대씩 달아줬지 그렇게 제때에 날지 못한 것들마저 흰
눈밭에 흘려 눈물을 타고가게 하고 나면 꽃 진 자리로
버젓이 잠자리비행기 되앉는 계절에

# 오솔길 유혹

오후 5시를 흔드는 햇살
따라 들어선 길에
흠뻑 젖어 발길을 돌리지 못한다
끝이 없을 것 같은 길이,
이 행복한 느낌
마르지 않을 것 같은 길이,
딱 맞춘 빛과 수풀과 공기를
사뿐히 타고 놀고 있다
이 길 위에서
숲 밖으로 나가는 일을 잊는다
저 숲 밖이 숲 안이어서
막다른 길을 가고 있지는 않는지
숲 그늘도 좋아
어둠을 잊은 건 아닌지
산으로 오르는 길은 아닌지
강으로 내려서는 길은 아닌지
허둥대는 몸뚱이가
오솔길을 빠져나가지도 못하고
제 발길에 잡혀 있다

# 희미한 기억의 저편

묘지를 향해 오른다 재잘대던 아이들이 힘들다고 투덜
댄다 낯선 공동묘지에 거적때기 덮고 누워 있던 생면
부지의 아버지를 어머니가 돌아가시자 고향 뒷산에 합
방시켜드렸다 독수공방 자식들의 구박에 치매로 대항
하던 어머니를 몇 푼 줄이려는 자식들에 의해 한 이불
다시 덮게 됐다 아버지 무덤을 찾아간다, 아니 어머니
무덤을 찾아간다 무덤에 다다라도, 술 한 잔 부어드려
도 아버지는 없다 삭은 뼈 몇 조각 분명 저 속에 묻었
건만 아버지는 없다 여기에도 없다면 아버지는 어디에
있는가 고개를 들어 먼 산을 본다 나는 내 아이들의 아
버지인가

# 여기는 비둘기 화장실

횡단보도에서 신호를 기다린다 앞가슴에 비둘기 똥물 세례를 받는다 그들의 화장실 아래에 선 모양이다 가만히 보니 도시 곳곳이 그들의 영역인데 우리들은 방자하게 종횡무진하고 있다

나는 1401호 화장실에 앉아 있다 1501호 화장실에서 물 내리는 소리가 내 머리 위로 섬뜩하게 떨어진다 위로 6개의 화장실이 있다 맨 위층의 똥이 간혹 누군가를 지나치기도 하며 내게로 왔다 다시 아래로 내려간다 나도 물을 내린다 내 몸에서 나온 똥을 데리고 간다 아래로 13개의 화장실이 있다

제 둥지에 배설물을 남기려는 것들은 없다 조금 게을러서, 조금 편하자고, 조금 여건이 안 되어서, 가끔 엉덩이에 묻히고 다닐 뿐 우리가 자신의 둥지를 치우듯 비둘기들은 우리의 허공을 치운다

# 하구에서

제 길을 늦춰 머뭇거린다 그때서야 한번 뒤돌아보는
강물, 달려온 질곡은 보이지 않고 텅 빈 하늘만 내려
와 쉬고 있다 힘이 다해 잠시 머뭇거리던 몸에 바닷물
은 냅다 채찍을 가한다 여기까지 와서 흙투성이로 열
린 몸은 짠물에 산산이 풀어진다 이렇게 나를 허물려
고 그 길고 긴 여정을 달려왔던가 지친 숨 들키지 않으
려고 작은 풀 하나 끌고 온 마음 숨기려고 잠시 머뭇거
린 것뿐인데, 빨리 바다가 되라 한다 짧은 시간을 달려
왔든 짧은 거리를 달려왔든 그 누군들 뒤돌아보아 가
슴 붉히지 않을, 남의 둑 아니 허문 일 있느냐고 그 누
군들 강의 이름으로 남고 싶지 않겠냐고

# 울산바위 전설

바위능선을 간다 밧줄을 걸고 암벽에 몸을 매단다 힘
다한 끝에 올라서면 사방이 빈 바위가 되는 여기는 대
지를 뚫고 올라와야 설 수 있는 것만 남아 있다 올라서
도 제 자리를 잡지 못하는 것은 다시 구르기 시작해 제
몸 다 깎아주고 속도를 멈출 수 없을 때 물의 흐름으로
자취를 감춘다 큰 산맥을 이루며 전설을 품고 선 바위
도 오래 기억되고 오래 자리를 지킬 수 있는 흔들바위
가 되어서도 제 발로 선 것만 거느리고 있다 나도 딛고
오른 곳에서 칼바람 등지고 바위를 심어 본다 풍파에
휩쓸려가지 않을, 끝 봉우리에 이르러 푸석 바위로 물
그리운 게처럼 부서지며 숲으로 흘러들지 않을

# 한 계곡을 만들다

두타산을 오르는데 산자락부터 안개가 발목을 잡는다
다 적실 수 없으면 오르지 말라고 척척 안겨들고, 감상
도 끝내지 못한 숨골이 먼저 젖어서는 안개도 비켜 앉
은 첨봉처럼, 등에 솟은 근육 풀린 배낭처럼, 헐떡인다

두타를 올라 청옥으로 간다 두타는 소나무들이 뾰족한
잎을 내고 청옥은 참나무들이 넓은 잎을 받들고 있다
그 아래로 물이 나고 큰 바위알들이 자라 저 아래가 무
릉도원이라는데, 너는 하늘을 향해가다 부서진 편석을
하나 주워 배낭에 넣는다

배낭에 든 돌이 숨골을 누른다 등골을 뚫고나와 가슴
팍에서 마른 비늘 지는 소리를 내며 발길을 잡는다 두
타와 청옥은 긴긴 세월 오순도순 앉아 밑으로 다 내주
고 살았는데 너는 뭘 더 바라기에 돌을 지고 가느냐고

# 광화문 바람 깃

네거리에 바람이 분다

달려온 길은 사방인데 회오리바람이 되어 뒷풍뎅이 치
다 어깨 맞대고 구호 외치며 우우 몰려간다 나가는 길
은 외길, 바람은 저 밖이 보이지 않는다 돌기에 갇힌
채 머리끄덩이가 당겨지는 곳으로 뿌리까지 끌고간다

바람은 다 붙들고 싶다

제 몸 팔아 사는 바람은 넓은 벽도 붙들어 보고 길 잃
은 먼지도 잡아보지만 끝내 휘저어 훼방을 놓다가는
골목바람을 끌어들여 세력을 키운다 한바탕 놀 세력을
키운다

바람은 발을 멈추지 않는다

바람은 작은 틈에도 끼어들며 쌔액쌔액 분탕질할 문을
내거나 이곳에서 저곳으로 남은 체온을 옮긴다 전파
속의 풍문까지 옮겨 한시도 만나지 못하면 한시도 보
지 못하면 터져 버리고 마는,

우리는 바람 깃에 묻혀 산다

# 제6부

# 내가 가둔 너

# 안경

안팎으로 걸린 지하철 환풍구에서 빛을 봤다고 했다
증인 1은 네가 스스로 빛을 넣었다고 했고, 증인 2는
갑자기 빛이 몰려들었다고 했다

너에게 있어 환한 것은 빈 것이어서 어느 곳 하나 빛이
있는 곳 없고 어느 곳 하나 빛이 없는 곳 없다

어둠을 보려고 보고자 하는 것만 담지만, 눈을 감아야
붉은 빛으로 보이는 태양도 눈두덩 덥히지 않고는 느
낄 수 없어 환한 것은 빈 것이다

# 돌탑

산길에서 만난 작은 돌들이 오르내리는 이들의 마음을
받아 탑이 되었다 손길이 머무는 곳에서 멈춰선 작은
돌 큰 돌이 어깨 맞대고 하늘로 살 비비면 덩달아 따
라 나서는 누구의 기도인지 달가닥거리는 돌탑, 돌탑
이 무너졌다 지고 온 마음 덜고 간 누구의 간절한 기도
까지 허물어 자신의 등짐에 담아갔는가 그 무딘 돌이
피워낸 작은 탑을 허물고 가는 마음 세상 어딘들 없으
랴마는 이 깊은 산 속까지 찾아들었다 세상에는 사람
의 마음이 머무를 곳도 없고 머무르지 못하는 곳도 없
어 만만한 돌탑은 쉬 남의 손을 타고, 나도 당당한 것
에 약한 그 작은 탑을 허무는 마음으로 이 산을 오르고
있지는 않는지

# 지금 계곡에서는

물도 샛길을 찾지 못하고
격정으로 흐르다 쉬어가는 길목에
긴 여정에 지친 발을 담근다
물고기들이 웬 먹이냐며 달려들어
발목을 쪼아댄다
살랑거리던 털들이 물고기 입속에서
1급 비명을 지른다
너무 큰 먹이를 만났는지
새까맣게 들어붙어 뜯어대도
사냥의 끝이 보이지 않는다
나는 가만히 허리를 굽혀
두 손바닥으로 물을 가둔다
낯선 놀이터에 물고기들이 놀러온다
손금을 쪼아대는 감각 안으로
가만히 오므려 잡았다 놓아준다
그들의 목숨이
내 생명선을 다 갈아대기도 전에
갇혔다 풀려난다

내 안 순진한 아가미가
성급히 숨 쉬려 하는 이 계곡에는

# 바람난 집

밖으로 떠돌다 돌아온 날 식구들은 나를 스쳐지나 찜질방 어디에 똬리를 틀고, 홀로 집을 지키는데 밤새 화들짝 놀라게 하며 문 두드려 나를 부르는 것들 있다 날이 밝기 전에 따라나서 나를 재우고 싶은데, 오늘은 이 집을 지켜야 한다고 옆구리에 베개 끼워 넣으며 뒤척이다 꿈인 듯 선잠에 겉도는 잠금장치만 돌려댄다 너는 늘 너를 업고 살아 밤새 문을 두드리던 것들 따라 저 들판으로 산으로 달려 나가고, 오늘은 쉬 문을 열지 못하고 홀로 누워 있다 식구들 뒤로 닫힌 저 문에 갇힌 너는 이 집의 식구가 아니다

# 이발하는

이 이야기는 실화입니다 지난 초봄에 시청의 잡초제거
반 할머니들의 호미에 솎아지고, 다시 고개 내밀었다
예초기에 허리 잘린 키다리 개망초 이야기입니다 막바
지 더위 속에 다시 고개를 내밀어 바야흐로 겨우 꽃피
웠는데 씨앗도 맺지 못하고 또다시 예초기에 발목까지
잘린 채 겨울을 맞는 키다리 개망초 이야기입니다 옆
집 바랭이는 간신히 몇 가닥 허리 꺾었다 씨앗을 토하
고 겨울을 맞았습니다 이를 보던 농부는 값 폭락한 농
작물을 밭에서 그대로 갈아엎고, 나는 새치 뽑히는 게
싫어 온통 흰 머리카락을 내밀기로 했답니다 세상은
제 기준으로 개망초를 이발하듯

# 봄볕

불쏘시개도 없이 타오른 불길
바람도 불지 않는데 일렁이며
시뻘건 잉걸로,
난 너를 위해 타는 거야
너 태우기 위해 내가 타는 거야
희미한 빛만 남아
시시때때 녹아내리는 온기를 붙들고
너와의 거리를 태우는 거야
넌 따뜻해야 해
그렇지 못하다면 너도 타야 해
눈물에 불이 꺼져가도
입김에 재마저 날려가도
나는 타는 것을 멈추지 않을 거야
독 가득 품은 숯마저
다시 태울 거야
내가 타는 것은
너를 위해 타는 거야, 손 내밀어봐

# 비탈

웃자란 나무가 뿌리를 뒤집어 들고 비탈을 내려서지
못한 채 떨며 반신불수로 누워 있다 머무르고자 함은
아닌데 뚝 끊긴 발치는 온몸을 움츠려들게 하고, 모태
를 벗어나 구르던 돌이 심심했는지 뿌리 들린 나무를
들이받고 서서 외딴 만남에 종알거리고 있다 아니 나
무가 제 급한 사정을 잊고 구르는 돌을 붙들어 준 것인
데 나무를 오르려던 장수하늘소가 이내 뒷발로 딛고서
나무의 습진 속살에 구멍을 파고 있다 서둘러 가지 몇
개 색소를 털어내 보아도 이 사면이 흘러내리면 따라
내려서야하는 뿌리 들린 나무는 그렇게 허튼 정신이나
팔아먹고, 사방 어디에도 비탈에서 제 발만 딛고 선 것
은 없다

# 기와에 박힌 새

아파트 거실에서 시름시름 앓는 화초의 시린 발등 덮
어 주려고 주워온 기와조각에서 산새가 나왔다 사뿐사
뿐 걸어간 발자국이 모가 다 닳아진 구멍 숭숭한 목을
세우고 아침저녁 수백 년 되었을 헐거운 숨으로 울고
있다 때로는 기와에 발을 박은 채 날아다니고, 어디라
도 올라앉아 흙발 씻어보려 하지만 기와만 깨진 이마
서럽다 여전히 기와에서 발을 빼지 못한 새는 갇혀 살
아왔는지 붙어 살아왔는지 다시 이 콘크리트 벽에 갇
혔다 제 모습으로 산다는 건 어디서나 어려워, 화분 속
기와조각은 조약돌 딛고 서야 지붕이 되고 새도 능청
스럽게 올라앉아 시선 웅크려 앉는다 모두 한번 들어
서자 나갈 곳이 없다

# 저쪽 지평선

네가 보여주는 것은 여기까지뿐, 가물가물 해 넘겨주는 곳으로 달려가 봐도 언제나 시선 끝에 걸려 있고 붉은 심장으로 울부짖어도 네 안쪽을 보여주지 않는 오늘도 석양만 안아 넘겨주고 잠잠하다 나도 지글지글 타며 한 장의 빛으로 너의 품에 자맥질하고 싶다 흥건히 젖었다 가는 말간 모습으로 되돌아오고 싶다 그러나 노을에 물들지 않는 배경에서 숨 깊이 참으며 어둠을 견뎌야 할 시간, 너도 서서히 없어지고 풍경으로 섰던 나무마저 어둠에 풀어진다 나도 따라 저쪽까지 몸을 눕혀본다 다시 이쪽이 궁금하다 너마저 하늘로 오르고 나면

# 마룻바닥에서

아파트 거실에 누워 뒹군다 마루판의 서툰 번역 같은 달팽이 자국이 어깨에서 등짝을 지나 종아리까지 기어간다 제 몸을 배배 비틀고야 기어갈 수 있는, 마찰도 없이 미끄러진 햇살이 누워 있던 곳에 기어오를 수 있도록 다시 배를 깔고 마루판을 세운다 밤에 기어 오른 자국일까 아침에 기어 내려온 자국일까 나는 밤낮없이 달팽이가 기어간 곳으로 기어든다 제 몸을 들추어도 빛이 들지 않는 살덩이는 한낮 초인종 소리에 뒤집힌 마루판 무늬를 새기며 문도 열지 못하고 숨을 죽이는 대낮, 아파트는 달팽이가 된다

# 개미

개미들이 땅을 판다 내게는 굴인 너의 집을 판다 어떤
개미는 마른 흙덩이를 물고 나오고 어떤 개미는 젖은
흙덩이를 물고 나온다 개미들이 굴을 판다 내겐 흙장
난인 너의 집을 판다 어떤 개미는 물고 온 흙덩이를 나
팔 분화구 언덕을 넘어 멀리 놓고, 어떤 개미는 물고
온 흙덩이를 나팔 분화구 안에 놓고 되돌아간다 저기
빈둥거리며 다리에 걸린 햇살과 간지럼을 태우며 노는
개미도 있다 그 옆으로 제 덩치보다 큰 풍뎅이를 물고
가는, 겨우 뒷걸음으로 끌고 가는 개미도 있다(나는 개
미들이 숨을 헐떡이는 걸 보지 못했다) 개미들은 입구
를 정리하며 집을 짓는다 바람에 낙엽이 날아들자 굴
이 숨겨졌다 나는 굴을 보려고 낙엽에 손을 댄다 순간
일개미들이 병정개미로 돌변한다 이제 나는 구경꾼이
아니다 개미와 한판 전쟁을 치러야 한다 햇살 비비던
개미도 빛 한 자락 끌고 굴속으로 사라져 대치하면 게
으른 전쟁에서 진 나는 빈손으로 시원한 비가 오기를
땡볕에 서서 갈구한다

## 장미

내가 네게 주려는 것은, 내가 네게 줄 수 있는 것은 향기뿐이다 색깔뿐이다 내가 너를 사랑하는 것은 이 모습으로, 이 향기로 다가가는 것이다 그러나 너는 나를 가지려 들고 나를 꺾으려 든다 내가 가지고 있는 가시에 네가 찔리는 것은 나의 향기와 색깔을 보지 않기 때문, 붙박이인 나의 사랑을 알지 못하는 너에겐 상처만 남는다 내가 흘려보낸 향기도 못 느끼며 다가오는 너에게 나는 없다 나를 세워두고 보아줄 때 나는 있다

# 내가 가둔 너

아파트에서 빠르게 수직 하강한 어린 너와 나는 인근
산을 오른다 낮은 계곡을 밟아 나가던 숨이 바위 턱에
매달릴 쯤 딛고 오른 허공 너머로 고층 아파트가 산과
키재기하고 있다 나는 아직도 아파트 밑이라 하고 너
는 아파트 보다 높이 왔다고 투덜댄다 허공까지 잘라
먹은 아파트에서 다시 산행을 시작하는 너에게 듣지
못하는 사랑을 고백하고 보이지 않는 포옹을 시도한
다 쪼르륵 손길을 벗어나려는 너를 불러 세워 토마토
를 꺼내자 사과를 먹겠다고 맹물만 들이킨다 시야에
산길이 훤히 보이는데도 내 가슴팍에 너를 가두고, 너
무 멀리 보는 산길에서 너무 높이 잡은 산정에서 너를
보지 못하고 부풀려 올린 아비의 북새통이 산길을 가
고 있다

# 용소 짓다

비룡폭포 오르는 길, 힘차게 날아오르는 용이 되어서
도 격랑의 길 잠시 쉬어가라고 물길은 간간히 용소를
틀고 있다 먼 여행을 떠나는 제 자신도 쉬고 자리를 잃
고 구르던 돌도 쉬고 산비탈로 흘려놓은 씨앗들과 나
뭇잎 배를 탄 유충들도 잠시 쉬어가라고, 용소를 틀고
있다 상처 난 몸 보듬고 가라고 거친 숨 고르고 가라고
이 깊은 계곡을 나가면 소리도 죽이고 몸가짐도 가다
듬고 가야 한다고, 용소를 크게 짓기도 하고 작게 짓기
도 하며 깊은 강의 모습으로 거친 바다의 모습으로 용
소를 틀고 있다 이 작은 계곡에 길들여지지 말고 새로
운 모습으로 살아가라고 어깨 토닥거리며 낮은 몸으로
낮은 마음으로 보내주고 있다

# 불

집 한 채
태워먹어 본 사람은 알게 되리
가슴 속에서 탄 건
재도 남지 않는다는 것을
집은 타
재라도 남기지만
가슴 속에서 탄 것은
보이지도 않아 굴레에 끌려다니며
심문을 받고
태운 것은 한 채인데
가슴 속에서는 매일 탄다는 것을

불놀이는
어린 가슴에 있고

# 낮잠

지고 간 배낭을 놓고 나왔다
사랑하는 연인도 두고 나와

달게 먹던 오디도 어디론가 사라지고
문이 닫혔다

다시 꿈속으로 들어갈 수 없는
한낮의 통증

# 그 돌

수도 없이 오르내리던 길인데 불쑥 돌이 파여 나갔다
그의 발길에 채여 뽑혔다 이 돌을 딛고 오른 던 길에서
돌이 뽑혀나가자 파인 길은 허공을 내 함정이 되었다
잘 받치고 있던 돌이 그가 지나가자 뽑혔다

# 다시 그 돌

수도 없이 오르내리던 길인데 불쑥 돌이 파여 나갔다
그의 발길에 채여 뽑혔다 이 돌부리에 걸려 깜짝 놀라
거나 고통을 안고 갔을 이도 있는데, 아무도 뽑아내려
하지 않았던 돌이 그가 지나가자 뽑혔다

# 제7부

# 나는 가끔 그곳으로 간다

# 모래톱에서

이곳에 남은 것은 전설이다 작은 모래도 각과 모를 맞
추지 않고는 제 자리를 잡을 수 없다 허술한 이물은 흘
려보내고 빈 곳으로 서로의 의중을 채우지 않고는 바
람에 휩쓸리고 물길에 흘러가는 흙이 되어 풍문을 몰
고 다니며 수다스런 잡초 뒤로 숨기나 할 뿐 이름 불리
어지길 희망하지 마라 작은 한 알도 각과 모를 맞추고
허전한 빈 곳마저 버리고야 불리어질 이름 있을 터, 제
몸 여기저기 다 내준 것이 모든 것을 잃은 것이 아니라
제 모습을 갖추었을 뿐이다 단단한 뼈에서 갈라져 나
와 허세로 찌운 살을 걷어내고 나면 네가 불리어질 이
름이 무엇이냐 전설은 폭풍우 속에 집을 짓는가 저기
큰 바위가 쪼개지고 있다 저기 쉼 없는 물길이 돌을 골
라 톱을 세우고 있다 전설이다

# 야간이동

끈끈한 어둠을 달고
야간열차가 기적을 쏟아 놓는다
새벽으로 드리운 속도에
사람들 우와 세상살이 비우고
시끌시끌하다
그것도 잠시여서
탈지면처럼 젖은 사람들
여기저기 허물어져 자신을 재우면
밖으로 흐르는 어둔 오점,
드문드문 잠 못 이루고
지친 눈망울 반짝이며
어둠 속에 깨어 있는 고통은 잠잠하다
때 절은 어둠 밝혀가는 이들은
자신의 속 태워 달려도
레일 위를 벗어날 수 없는 야간열차처럼
속도에만 묻혀가고
만화경 속의 이방인인양
시렁의 등짐인양
어둠에 둥지를 틀고 있다

# 죽음의 계곡

이곳은 고개 들어 풍광을 보거나
자태를 뽐내는 설악(雪岳)이 아니다
함부로 발을 들여놓지 못하는
이곳은 오르기 위한 산이 아니다
눈보라에 사방의 에움이 없어지고
깊이 판 발자국도 몇 초를 견디지 못해
미망(迷妄)으로 사라지는 이곳에서
누구도 고개 들고 서서
비탈을 치고 달려온 눈보라가
제 심장을 파먹기를 기다리지 않으니
보아야 할 것도 올라야 할 것도 없고
갇힌 곳에서 무릎 접고 허리 꺾어
가슴 비집고 세운 산으로 들어가야 한다
이곳에서의 하룻밤은 천년(千年),
오그라든 손으로 설동을 파면
먼저 누웠던 선배들의 주검이 나와
그리움에 배고프니 밥 먹자고 하지만
이곳에는 차가운 눈밥밖에 없어
덥혀도 덥혀지지 않고
먹어도 허기(虛飢)가 채워지지 않는다
배를 채우기 위해 오르는 산이 아니다

내가 오르고자 했던 것들 다 팔아도
숨 한줌도 함부로 먹을 수 없는 이곳은
대청봉이 흘린 풍광으로 이룬 골이
속으로 깊은 울음을 가두고
다시 가야 할 절절한 서사(敍事)이다

# 숨

문 그림자 스무날쯤 기울어진 밤, 오리목 틈으로 스미
는 달빛에도 아파했다 한순간씩 늦게 목젖을 달래고
야 나와서는 잠을 흔든다 어디에 한끝을 숨겨 보려는
지 젊은 몸 새겨보려는지 다 달려 나오지 못하고 끊어
지곤 한다 등짝에서 자식을 기를 때도, 남의 집 문간으
로 사발농사 다닐 때도 잦아지지 않던 것이 이제 제 몸
에 걸려 절뚝이고 있다 부엌 짚더미 위에서 태어난 죄
에 솥김에도 거위침 흘리는 자식 위해 뉘 집 굿이라도
하고나면 성황당으로 식은 떡 찌러 갔다 왔지 마른 떡
에 목메면 젖무덤에서 푸지게 놀게 했는데, 이제 각질
떨어지는 골 깊은 살결에 눈 시린 빈 빛만 젖어든다 아
직도 어디를 떠돌고 있는지 기우는 달빛에 이슬 맺히
도록 어머니는 저 숨 하나 못 업어내고 있다

# 구멍

해 그늘에 홀로 늙은 둑길을 걸어 물살이 할퀴고 간 절
개지에 선다 손가락 하나 드나들 만한 백토구멍이 검
붉은 대지의 흰 숨을 내밀고 있다 한때 나만의 흰 화병
만들겠다고 그 속을 팠지 얼마나 많은 것을 담고 있는
지도 모를 구멍은 성급히 쑤시면 어느새 어둠을 물고
있어 덧난 상처를 다루듯 숨겨진 보물을 찾듯 애간장
태우곤 했지 누군가 손댈 새라 또 덜 나올 새라 달콤한
손가락으로 살살 파내며 나만의 흰 화병을 만들었지
풀잎 무늬 받쳐 바닥을 다지고 굽 세워 통통하게 배부
른 흰 화병을 만들었지 그렇게 백토구멍에 간절히 밀
어 넣던 시간은 가고 세상 꽃 다 품었던 흰 화병은 어
디 있나 다시 절개지에 서서 허물지 못한 제 둑에 가슴
구멍 여럿 파고도 누구의 구멍이 되지 못한 채 아무것
도 내줄 수 없이 나는 달그락달그락 투명한 어둠을 긁
고 있다

# 대공원

대공원으로 가는 길은 외길이다 그러나 왼쪽으로 돌아가도 만나지고 오른쪽으로 돌아가도 만나진다 우리는 레일을 밟아가는 기차처럼 허튼 생각 없이 그곳으로 모여든다 누군가에게 이끌려오거나 혹은 누군가를 이끌고 와서는 패키지로 북극도 가고 아프리카도 간다 동물원에서 기른 야성을 붙들고 슬쩍 놀이동산으로 숨어들어서는 괴성을 지르고 짝짓기를 한다 원초적 야생의 대공원은 나가는 길도 외길이다 길들여진 이벤트가 쉽 없는 대공원에 가야만 야성은 있다

# 나는 가끔 그곳으로 간다

길과 길 사이에 무덤이 있다 무덤이 길을 내기도 하고
길이 무덤을 만들기도 하고 서로 엉켜진 곳에 또 다른
무덤이 있다 서툰 발길을 당기는 그 무덤은 제 나이만
큼의 잔디를 입고 뉘 무덤에 한 자락 잘리고 뉘 발길에
한 자락 짓밟히며 산이 되기도 하고 길이 되기도 한다
그러나 내가 오를 수 없는 산, 내가 다가갈 수 없는 길,
얼굴도 모르는 아버지 무덤이 빈 표정을 내밀면 모든
것은 그곳에 있다

# 모상

새벽 그늘 속으로
겨울 풍경이 울고 있다
무명 보따리 이고 들고
살아온 마을 뒤돌려 세우며
길을 나선다

어머니,
이 기차를 타면 어디로 가나요

끈끈한 훈기를 털어 몸부림치는
기차 속에서
종착지를 읽지 못하는 표를 들고
창밖 눈벌에 눈길을 꽂으며
속도에 묻혀 오는
새 인연을 더듬는다

또 한참을 살아갈

# 불면 그리고 불면

여기와 저기 사이,
얼굴도 없는 아버지가
바람 그늘도 흩어져갈 문간에서
빛을 품고 있다
언제나 고무신 배 가득한
근사한 상상일 뿐
그렇게 문간에 세워두고 나는 존다
여기와 저기 사이,
바람은 뜬눈으로 불고
선잠에서 깨어나 보면
꺾인 허리춤에서
빈 기억이 어둠을 뭉쳐 입고 있다
내 불면을 잡고 있다

# 산사에서

산문 들어가 길을 묻는다

나무그늘도 비켜선 마당
바람도 돌아누워 자는데,
여름을 지나온 풀 한 무더기 턱하니
햇살자락 깔고 앉아
어디로 들어왔냐고 능청이다

예가 문이고 예가 길이니

뒤돌아 산문을 보니
풀들이 앞장서 나가고 있다
풀들이 앞장서 들어오고 있다
산길은 물어가는 길이 아니니
등짐 더 헐고 가란다

길도 문도 가둔 것은 없다

# 초행

가족과 가는 길은 가도 가도 초행이다 뒷자리에 아내
와 아이들을 태우고, 모두 태우고 초행길을 달린다 운
전대는 내가 잡았지만 운전은 아이들 재잘거림이 한다
가다가 머무는 곳이 있으면 그곳이 그날의 집, 높이 세
우고 멀리 잡은 초행은 가도 가도 멈출 길이 없다 제길
도 샛길도 없다

# 낙오

산은 헤집어 낼수록 깊어진다 잘린 곳에서 멈춰 선 길은 자꾸 인가(人家)로 흘러내리고, 미처 산자락을 놓지 못한 곳에서 흔적을 잃는다 길에서 벗어난 산행은 석림(石林)을 지나서야 새 길이 보였다 되돌아갈 수 없는 길을 내며 오른 곳에서 다시 시작되는 산, 자신이 닦은 길에서 낙오란 없다 석림을 지나 오르는 산길을 이끌고 인가로 내려선다 길이 보이는 곳에서 산이 낙오(落伍)다

# 초록단풍

한참을 더 가야 할 산행,
샛길에서 일행을 놓친다
내내 풍광에 홀려 온 날들
몸으로 남는다 마음으로 남는다
철 이른 몸은
철 늦은 마음은
불혹을 지나 지천명을 향해 가는데
앞서 간 일행을 잡지 못하고
주저앉은 곳,
단풍 들기도 전에 떨어진
초록 깊은 낙엽이
퇴출 가장(家長)이 숨어드는
마른 황금침대에 누워 있다

# 타협하다

깊은 산울에 갇혀
길도 돌아선 곳에서
양다리 걸치고 선다
엉켜든 잡목들이
몸 낮추게 하는 곳으로
비탈이 눈 내리깔고 뻗어 있다
더 이상 앞길은 보이지 않고
내게 주어졌던 길의 끝은
가지 뻗음에 갇힌다
가늠을 잃은 걸음은
목덜미에 생채기를 만들고
호기 어린 길 내기는
내디딘 곳에서
허리 굽실거리고 있다

# 지하철 연가

"나가 이마에 반창고를 붙이고 나온 것은 여러분에게
잘 보이라는 거!" 한 꾸러미의 말이 쏟아지며 주위 표
정들을 붙잡는다 속도를 높여 진동을 걸러내는 전동차
가 더욱 능청을 떨며 바람 갈기를 세울 때쯤, "잘 보드
라고 여기 있는 나가 보이는 감?" 때 절은 나일론 한복
을 광목천으로 허리 묶어 입은 여자가 묻는다 스물 스
물 허공을 더듬던 표정들이 '저 미친년 어디서 까진 이
마에 하얀 반창고를 붙이고 나왔냐고, 할 일 없으면 집
구석에 틀어박혀나 있지'하며 입방귀를 뀐다 사금파리
한 조각처럼 여자는 고요를 예리하게 자른다 "보여?
나가 시방 이렇게 여기 있단 말여?" 그러나 그녀의 주
변으로 휑하니 광장이 생기고 아무 반응이 없다 "나가
안 보이면 더 큰 반창고를 붙이고 와야제!" 전동차가
역내로 들어서자 여자가 손을 번쩍 든다 문이 열린다
"그래, 니는 나가 보이제!!"

# 속, 지하철 연가

"나가 콧등에 반창고를 붙이고 나온 것은 여러분에게 잘 보이라는 겨!" 한 꾸러미의 말이 쏟아지며 주위 표정들을 붙잡는다 속도를 높여 진동을 걸러내는 전동차가 더욱 능청을 떨며 바람 갈기를 세울 때쯤, "잘 보드라고 여기 있는 나가 보이는 감?" 때 절은 나일론 한복을 광목천으로 허리 묶어 입은 여자가 묻는다 스물 스물 허공을 더듬던 표정들이 '저 미친년 어디서 까진 콧등에 하얀 반창고를 붙이고 나왔냐고, 할 일 없으면 집 구석에 틀어박혀나 있지'하며 입방귀를 뀐다 사금파리 한 조각처럼 여자는 고요를 예리하게 자른다 "보여? 나가 시방 이렇게 여기 있단 말여?" 그러나 그녀의 주변으로 휑하니 광장이 생기고 아무 반응이 없다 "그래도 나가 안 보이면 더 큰 반창고를 붙이고 와야제!" 전동차가 역내로 들어서자 여자가 손을 번쩍 든다 문이 열린다 주춤거리다 치맛자락이 끼어 힘없이 치마가 풀어헤쳐진다 안과 밖에서 웃음이 터져 나온다 "저, 저 여자 좀 봐!!"

# 빌어먹을 나무

바람결에 실려와
가파른 바위 턱 풍경이 됐다
넓은 숲을 내려다보며
도도하게 고개를 쳐들어도
칼바람 맞서 홀로 허공이다
남의 눈으로 보면 이 모습도 회자돼
사진도 찍히고
노래가 되기도 하지만
늘 바람 안고 살아
제 홀씨도 멀리 보내지 못해
발밑 바위그늘에 떨어뜨린
어미는
더듬더듬 숲으로 가라고
등이 굽는다, 허리가 휜다

# 겨울 동물원

숨겼던 속내 다 드러내는
수풀,
겨울은 너그럽다

우리 안으로
갇힌 공간은 부쩍 커
좁아진 밖으로
갇힌 나를
내가 구경하고 있다

모두 겨울잠을 자는데
기억 잠잠한 맹수우리에
철책을 이어대며
밖에서 어설픈 재주를 보냈다
박수소리도 남지 않은 이곳에서
성급히 풀려난 나는
자야 할 때 자지 못하는
겨울짐승

손아귀에 갇힌
입장권 한 장이
야성의
메마른 수풀을 찾아든다

# 제8부

# 나무걸음

# 돌의 사랑

화강암과 퇴적암이 만나 이 산을 올라왔구나 어느 흙
밭에 살다가, 어느 물밭에 살다가 제 몸 내주면서도 붙
어 살아온 정은 이 산길에도 몸 섞고 있구나 아니 떨어
질 줄 모르고 있구나 서로의 굽은 곳에 제 뼈 집어넣
고, 서로의 상처에 제 살 메워 황천 고갯길을 굴러 가
는구나 그저 만남이 있었으니, 몸 섞어 살아왔으니 부
서져도 헤어짐은 없다고 살점 같이 내주고 있구나 뼈
같이 갈아주고 있구나 발길에 채이면서 다시 흙밭으로
가는구나 물밭으로 가는구나

# 가을 편지

너는 어디서 와
첫 닿은 나무의 부끄러움으로
흘러내린다
네 소식에 이끌려나온 길
이 저 가슴으로 치달으며
울대처럼 속삭이고
장단에 맺히는 꽃웃음
나를 이끌고 산으로 오른다
물내음 향해 마른 목을 드리운
너의 짧은 소식
가슴 속으로 떨어져 내릴 뿐,
발끝을 모은 채
제 걸음을 내지 못하고
다시,
찬바람에 절름거린다

# 너를 묻다

추녀에 그늘 매달려 권태로운데 주인 잃은 신발이 더
나설 곳 없는 제 발 걸림에 어설프다

저리 등져 가 뒹굴고, 방 벽에 눌어붙은 흔적까지 쿡쿡
가슴을 찔러오면 차마 입에 욀 말이 없다

헐렁한 베옷 입고 눈물 몇 방울 흘리며 숨기려 해도 한
나절 공복에 드러나는 얄팍한 허기이다

묻어도 묻히지 않는 것들이 또 다른 환각을 시작한다

# 밤이슬

자정을 넘은 밤 마루를 타고
보행금지 고속도로를
밤이슬 걷어차며 가는 여인,
어디에도 인가가 보이지 않는데
부지런히도 걸어가고 있다
머리에 인 배부른 보따리만
여인의 길동무 되어 흔들리고
어둠에 잡히는 저 걸음은
시속 100킬로미터로 달리는 차들 사이에서
시속 200킬로미터로 허공을 차며 간다
부지런한 걸음 어디에 누이려고
여인은 저리 서두를까
나는 시속 100킬로미터의 더딘
헛바람난 속도로 절름거리며
고속도로 위를 달리고 있다

# 새소리

너는 피식피식 내는 소리보다 좀 더 아름다운 수사를
달고 숲을 옮겨와 창을 흔들고 있다 나의 시선도 덩달
아 흔들리고, 보이지 않는 너는 가슴속에 걸린 그리움
처럼 호록호록 혹은 효오효오 한다 어두운 그림자까지
다 할퀴어내도 너의 소리는 슬픔인지 기쁨인지 낮은
환청으로 눕고, 숲에 갇힌 너의 모습을 알 수 없는 나
는 아무런 표정도 지울 수 없다 너는 모습을 숨기고도
소리 내지만, 나는 내놓고 질러도 들리는 소리 없고

# 산비를 만나다

키 큰 나뭇잎 옮겨 밟으며 너의 가벼운 가랑이 사이로
정적 깊은 산이 젖고 있다 공대지(空對地) 전투처럼 낮
산을 쑤셔대면 사람들 초록병사가 되어 엄폐물(掩蔽
物)을 찾아들고 이내 일사불란한 토사(土砂)는 작은 땅
개미집까지 점령해 간다 사람들 하나둘 되짚어 내려가
고 달팽이처럼 제 몸이 집인 것들만 남아 산이 되어 젖
는다 마침내 다 적시고도 적실 것이 남은 이들의 가슴
벅찬 비맞이다 적실 것 많은 너의 날궂이 육박전(肉薄
戰)이 시작된다

# 빈집 1
-너


네가 비워둔 집
나의 체온을 묻는다
기다림은 처음부터 시작되지 않아
너와의 인연도 자리를 뜨며
서까래 엉기는 소리
와르르 무너지는 헛문으로 빠져나가는 것들,
잡지도 못하며 따라 나섰다가
속 빈 것들만 서둘러 돌아오는
내게 빈 것은
어디에도 없다

# 빈집 2
### ─아버지

당신이 집을 비워두었기에 제가 그 집의 가장이 되었습니다 당신은 당신 손으로 부쳐 먹던 밭 끝머리에 눕고, 게걸음으로 찾아가니 그곳에 제가 누워 있었습니다 당신이 비운 곳에도 해는 뜨건만 언제나 어둡습니다 당신의 집은 방범등 하나 밝히지 못한 막다른 골목 집입니다 골목 끝에서 당신은 집으로 오는 길을 잃었고, 저는 당신에게서 벗어나는 길을 잃었습니다 제게 집이란 안팎이 없습니다

# 빈집 3
### -감나무

너는 내 유년의 놀이터
입고픔 달래주던 구멍가게이다
나는 사람냄새 찾아 너를 버리고 왔지만
너는 허리 굽은 싸리울 집을 떠나지 못하고 있다
내게 등허리 터져라 내주던 살갗은
허물처럼 묵은 비듬 일고
밑둥치는 푸석푸석 지쳐만 간다
때론 학자금을 대주기도 했던 너는
모두 떠나간 집 주인이 되어
제 집 가진 겨움에 열매도 맺지 못하고
거세된 양 잎만 무성하다
손길 그리운 가지는 웃자라고

# 나무걸음

하늘을 향해 길을 냈다가는
제 몸을 흔들어 지운다
어디로 가려는 걸까
굽혀 봐도 길은 제가 이고 있고
키만큼만 가는 너의 길
나의 탑돌이는
한걸음 물러서서 너를 만난다
한걸음 다가가서 너를 만난다
마음 흘려보내고
서둘러 몸 내보여
갈 길을 흘려놓지만
자신의 걸음에 잡히는 것들은
내가 지고 가는 게으름이다

# 상처

밤눈 밝은 눈이 내린다
서툰 몸짓으로도
덮을 건 다 덮는다
너를 향해 내 마음 흘리던
외나무다리까지 덮고,
못 믿어 제 날개까지 덮는다
바람은 사방으로 길인데
밤눈 날 길이란 없으니
지나온 걸음도 지우고 가란다
뻗은 길 다 덮어놓고
너와 멀어져갈 길
여기서 다시 내며 가란다

# 산길

풍경의 남은 기억,
그 허리에서 시작되는 길은
햇살에 미끄러져 있다
길 따라 숨은 새가
내 걸어간 거리에서 울고
이미 너는 빛나는 유혹이어서
나를 산 속으로 몰아간다
바람이 나뭇잎 옮겨 앉듯
산턱을 오르내리지만
등고선으로 누워 있는 그리움
이 길 저 길 다 삼키고 있다
어디에도 샛길은 없고
어디에도 새 길은 없다
이 산에서는 가볍게
날으는 새길을 가야 하리

# 귀향

긴 여행에서 돌아온 눈(雪)
먼발치 어둠을 풀고
제 스스로 깊은 골목 풍경으로 앉는다
그것은 사소하게 아름다워
옷깃을 파고드는 겨울 미소에도
가볍게 흔들리지만
내 가슴 속 뜨거운 반란이다
너의 발치로 흐르던 체온
내 옷섶에 겨울 집을 짓고
모두 그렇게 돌아가
안락한 둥지가 될 수 있지만
언제나 골목을 서성이는 무엇 있다
발길 놓친 골목에서 시작되는
하얀 그리움이
전신주 외등처럼 어둠을 먹는다

# 관계

나이가 먼지로 쌓인다
죽었던 시간도
컹컹 짖어 오는 길목에서
나를 미행해 온 것들 물끄러미
시선으로 눌러 놓고

너를 알았던 그 자리
꼬인 머릿속으로 드러누워
풍경이 되고
아픔이 되고

모두 흘러가도 남아
내 나이 나를 지키듯
돌아갈 길 없는
가슴에 묻은 그 자리,
흘러가도 살갗 밑 온기이다

# 마음의 흐름

계절 바꿔 올라온 노모,
나의 묵은 표정을 밀어내고
잘 익은 감알들을 풀어 놓는다
펑펑 터지는 들 내음
사각 액자 속에 들어앉은 것처럼
그리운 모습으로 웃는다
나의 가슴에는
촉촉이 꽃 이름 외며 비가 내리고
어느 틈에 숨어들었는지
감잎 하나 폴폴 현을 튕긴다
알곡 짐에 이끌리어 온 노모는
편승한 낙엽처럼
풀어진 낡은 보자기 주름처럼
알 수 없는
다음 계절을 이야기하고

# 사모곡

어둠이 버거운 영등포역에서 잠시
비스듬히 만났다 헤어지는
어머니,
어느 사람의 눈길에도 담기지 않는
반편불수의 경련에 싸여
이름도 없는 어머니와 만나지만
역 안을 빠져나가보지도 못한 채
헤어지기 위하여
이층 휴게실의 웅크린 차가운 공기 속으로
난생 처음 찻잔을 놓고 마주앉아 웃는다
(어떻게 웃어야 편하실까)
서로 말이 없어야 어설프지 않은 시간,
모든 벽면이 열리고
밤이슬처럼 눈망울 속에 핀 꽃은
말하기에 너무나 숨찬 빛을 가지고 있다
그러나,
가도 가도 갈 곳이 없는 곳으로 떠나보내는
나나
가도 가도 갈 곳이 없는 곳으로 떠나가는
어머니나
웃어야 하기는 서로 풍부하지만

한밤을 같이 기울여보지도 못하고
어둠 속에서 만나 어둠 속에서 헤어지는
이 깊고 깊은 영등포역을
어머니는 어이 가슴에 담아가리
웃음도 시간에 갇히면
요즘 무엇해 먹고 사냐고 물어보지도 못하고
맨발로 떠나는 어머니,
목 졸라온 지폐 한 장을 내 가슴팍에
질러주고야 떠날 수 있는 마음으로
책 사지 말고 내복 사 입고
봉지빵으로라도 속 비우지 말라는 어머니,
우린 헤어지기 위해 서로 다시 웃고
어머니는 돌아서기 위해 그렇게 입김을 쏟았다
그 입김,
낯선 풍문처럼 영등포 골목을 누비다
결국 자신의 그림자에 깔려 다시 웃고
반신불수의 어머니 경련을 털고 일어나
주름살도 흐트러진 얼굴을 내게 준 채
뒤뚱뒤뚱 개찰구로 끌려간다
가도 가도 갈 곳이 없는 곳으로 떠나가는
어머니나

가도 가도 갈 곳이 없는 곳으로 떠나보내는
나나
또 웃고,
반쪽짜리 완행열차표에 붙어 안기던 웃음도
딸깍
끊어지며 개찰구를 빠져나가
모습도 없는 어느 틈의 바람으로 남는다
지폐 한 장 호주머니를 뚫고나와
가슴에 더 깊은 바람구멍을 판다

/ 장시 /
춤을 위한 시

# 시간의 굴(窟)

1
노을은 어머니의 눈시울이 되어
구름 새에 젖어든다
갈잎을 딛는 바람보다 더 숨죽이는
어머니의 저녁,
산 메아리에 갇힌 종이꽃술이다

온천지를 덮어오는 피멍울,
물웅덩이 속 녹태(綠苔)까지 휘감고는
서산 너덜겅만 간지럽게 달구고 있다
가장 뜨거운 모습으로 돌아와
어둠을 물고 선 노을

2
가앙 가앙 가앙!
어머니의 마을이 울고 있다
밤 피리소리 도둑이 되어
밭두렁을 기어 다닌다
이내 들녘이 탈색된다

산판의 유목(幼木) 사이로
음습한 바람이 다가와 속삭인다

네 차례니 어서 가자, 어서 가!
어디로?

가앙 가앙 가앙!
마을 어귀 정자거리를 지나
멀리 봉분들이 입 벌려
깊은 시름인 듯 음흉한 웃음인 듯
나를 부르는 환청을 내고 있다

3
고을산 밑으로 논벌을 깔고
길게 늘어선 마을이 나를 목격한다
가앙 가앙 가앙!
소리가 나의 발목을 잡고 선다
바람 기어가는 곳 마다
광목적삼이 앉은뱅이 춤을 춘다
흰 춤,
고을산을 하얗게 뒤덮고 있는 시체더미
나도 모르는 사이에 전쟁이

가앙 가앙 가앙!
종이꽃술 푸드득 날고
산은 여기저기 볏짚을 태우며
제 몸 씻을 잿물을 만들고 있다
씻기지 못한 끈끈한 바람이

동네 빈집을 기웃거린다

사람도 없는 집집 굴뚝에는
청솔 태우는 연기가
고을산을 타고 올라 시체더미 헤집고,
어머니의 집에는
원색의 연기가 장단(長短)을 친다

그러나 이것은 나의 일이 아니다

4
가앙 가앙 가앙!
단걸음에 사립문을 밀고 들자
어머니가 부엌 뒤란으로 숨는다

어머니, 저예요!

대꾸도 없이 가마솥을 열고
삶은 감자를 바가지에 담아준다
목 메이는 감자의 가슴팍을 파먹으며
어머니의 표정을 살핀다

대나무밭에 숨겨놓았던 씨감자다
다른 집은 이것도 없어서
산으로 나무껍질을 벗기러 갔단다

산 껍질 벗기러 갔다가는
산 껍질이 된 마을 사람들,
그 시체더미를 덮은 하얀 시체들
어머니의 입김이 나의 목덜미를 적신다
마을을 둘러싼 산울은 산판(山坂)이 되어
벌목된 시체들만이 남아 있다

네 아버지는 지금 구들장 밑
고래에 숨어 있단다
입방정 떨지 말고 조심해!

5
가앙 가앙 가앙!
나는 환청에 갇혀 소리를 내지 못한다

지금 이 동네에 살아있는 남정네는
네 아버지뿐이다
다들 저 아래 어디로
끌려가지 않았으면 죽었단다
낮에 일대 총살이 있었지
그들은 횡으로 사람들을 세우고는
총부리를 겨누며 고을산으로 몰았다
그리고는 산을 거의 반 올랐을 때
총을 쏘았어
그렇게 턱에 찬 숨을 덜어주었지

어머니!
지금 무슨 이야기를 하나요
저는 아버지를 몰라요
방고래와 아버지를 구분할 수 없어요

여인네들은 양식이 없어
탄 나무껍질이라도 벗겨다가
풀떼기를 쒀 먹으려고
산으로 갔다가는 죽고,
나는 씨감자 덕에 살아 있다
누가 온다

우물터 쪽에서 제복을 입은 죽창들이
줄줄이 걸어온다
어머니는 뒤란을 통해 대나무밭으로 숨으며
나를 부르지만
나는 움직일 수가 없다
죽창들이 흙 굴뚝을 헐어내고
섬모(纖毛)처럼 날렵하게
방고래 깊숙이 파고든다
죽창들은 낄낄낄
검댕이 묻은 웃음을 흘리며
질퍽한 발길을 되돌려 간다
구들장 밑에서 죽은 이는 누구일까

6
대나무 밭을 뒤졌다
어머니는 없고
빈 씨감자 구덩이만 밟혔다
더 깊이 묻어야
어머니 고통도 묻혔으리

마당으로 내려서는데
마을 아이들이 어디선가 몰려온다
옆에는 총검을 든 검은 제복의 사내들이
발걸음을 맞추기 위해 호각을 불고
맨 앞에는 탱자나무집 손자가
삼베옷섶으로 만든 깃발을
만장처럼 들고 온다

나도 제복의 사내에게 이끌려
부역(賦役)에 참가하는 행렬이 된다
어머니를 찾아야 하는데,
마을 어귀 공동묘지를 향하고 있다
어떠한 모습으로 서 있어도
어머니는 나를 보고 있으리라
내게 아버지를 가르쳐 주지 못한 어머니

7
입구가 헐린 봉분(封墳)은

시커먼 어둠을 깊게 물고 있다
한 우두머리가 봉분 위에 서서
의식교육을 시킨다
소리는 들리지도 않는데
입술만 작두질 한다

검은 제복의 사내들은
우리에게 흰 광목옷을 입혔다
그 옷을 입자
아이들은 아이가 아니었다

우리는 봉분 속으로 들어가
생면부지의 시체 한 구씩 끌고나와
희열 찬 울음을 터트린다
두려움에 물러나며 차례를 바꿔도
이내 내 차례가 된다

우물대자 총검이 가슴을 찌른다
구멍으로 찬바람이 들어온다
훈장처럼 상처가 딸랑거린다
봉분 속으로 발걸음을 옮길 때마다
땅은 낮아지고
굴은 좁아져 방구들이 된다

굴속에는 수십 구의
시체가 들려나간 자리로

마지막 한 구만이 나를 기다리고 있다
시체는 곱게 숨을 쉰다
그 숨결이 토해내는 짙은 체취는
어디선가 함께 살았던 듯했고,
가슴의 상처 안에서
비슷한 딸랑거림을 내고 있다
그를 끌어안고 팔꿈치로 기며
그 불온(不穩)한 체온을 느낀다
썩은 물구덩이 속을 헤치고 나오자
섬광이 일었다
가앙 가앙 가앙!


8
시체는 빛 속으로 소각되어 갔고,
서산마루를 지키던 노을도 되돌아가고,
미망(迷妄)처럼 울던 굉음도
메아리도 사라지고,
모두 사라진 저녁 들판에
나는 홀로 옷깃에 어둠 적셔들고 있다
바람마저 풀숲으로 숨어
종이꽃술의 노래도
흰 광목 춤도
짙은 들꽃과 어울려 잠든다

어둠을 딛고 가는 영원한 가위눌림이여!

# 雨水

최하림

雨水라는 말이 그럴듯하다고 생각하면서
무심히 창을 여는데 길 건너편 슬레이트 지붕
아래로 달려들 듯 노을이 흘러가고 가는 바람이 흘러
가고 볼이 붉은 아이가 간다 누가 스위치를 눌렀는지
어두운 창이 밝아지면서 추녀가 높이 솟아오르고
불분명한 시간들이 산허리를 타고
강둑 버드나무숲 쪽으로 휘어져간다

– 시집 《풍경 뒤의 풍경》 중에서

※ 고(故) 최하림(崔夏林) 시인은 1939년 전남 목포에서 태어났다. 김현·김승옥
·김치수 등과 함께 '산문시대' 동인으로 활동했으며, 1964년 조선일보 신춘문
예에 〈빈약한 올페의 회상〉이 당선되어 문단에 나왔다. 시집 《우리들을 위하여》
《작은 마을에서》《겨울 깊은 물소리》《속이 보이는 심연으로》《굴참나무숲으
로 아이들이 온다》와 시선집 《사랑의 변주곡》 등이 있으며 주연현문학상, 이
산문학상, 대한민국문학상 등을 수상했다.
2010년 4월 22일 타계한 시인의 묘소는 양평 갑산공원에 있다.